反派NPC
求攻略
The Alluring NPC
Is Seeking
Love
下
雷雷夥伴 著
高橋麵包 繪

楔子

我是北北，一個虛擬實境遊戲裡的NPC。

我生活在遊戲裡，這裡和外面的現實世界無異，人們一樣吃喝拉撒，上網追劇，一個禮拜有七天不想面對星期一。

很無奈，今天就是星期一。

我以爲今天又是枯燥乏味的一天，日復一日地上班、千篇一律的臺詞……但我錯了，從我起床睜眼的那一刻，今天就注定是不平凡的一天。

一大早，我就被唐禿叫到辦公室，他語帶威脅地要求我這次務必要帶玩家破關，甚至還說如果做不到就要把我從遊戲中刪除！

身爲一個爲五斗米折腰的平凡上班族，我應該要很害怕，但奇怪的是我的反應很平淡，彷彿早就聽過千百回，儘管印象中這是唐禿第一次對我撂狠話。

進入遊戲前，照慣例由法克替我化妝。他得知唐禿如此威脅我之後，搖搖頭表示這老頭其實已經不是第一次對我這麼說，上個月他也揚言要殺死我，雖然我一點印象也沒有。

「唐禿更年期到了？」

法克聳聳肩，對於我的失憶早已見怪不怪，畢竟只要帶領的玩家在遊戲死亡，我的記憶就會被重置。

在我準備好裝扮，登入遊戲前，手機傳來一則訊息，我看了一眼，是在無司底下工作的警察NPC傳來的。

對了，警察NPC跟我們反派NPC照理說是敵對關係，不過其實NPC之間有個俗語——表面是敵對，私下吃消夜。

所以事實上我們私交不錯，經常約出去吃飯。

我原以為只是平常的消夜邀約，但看到訊息的最後一句話時，我愣了愣，因為他寫的是：「北北，跨年夜快到啦！邀你上次帶來的玩家一起吃飯啊！」

什麼東西？

我立刻回覆：「你睡傻了呀？小心被查水表！我怎麼可能帶玩家一起吃飯，私下約玩家很危險的！」

遊戲系統雖然沒有規定NPC不能在下班後讓玩家留下來過夜，然而這是所有人心照不宣的禁忌。

曾經有個NPC和玩家處得很好，兩人時常私下來往，但因爲走得太近，有一天起了口角，玩家氣得跟遊戲公司檢舉該NPC。

結果系統因而判定該NPC有暴力傾向，將他當場刪除，等同於魂飛魄散。

從此之後，NPC們再也不敢和玩家走得太近，大家公事公辦，楚河漢界劃清楚，彼此不互相干擾。

警察NPC可能在忙，隔了幾分鐘才回覆：「哈哈，沒事啦，開個玩笑，我自己就是負責查水表的啊！改天再一起吃飯啦！」

我收起手機，登入遊戲，時間是早上九點整。

注定天翻地覆的一天正式開始了。

第一章　你是不是仙人跳？

我在市場左顧右盼尋找玩家，這個市場是玩家登入遊戲的第一站。沒多久，我感覺背後傳來一陣騷動，風呼嘯而過，我下意識回頭一看——

一名男子氣勢非凡地走來，沿路把攤販吹得東倒西歪，手裡還拿著……那什麼東西？

「讓開、讓開！我乃火靈山大王！看到老子手裡拿著無敵風火輪，還不識相速速退下？」男子跋扈地說。

那是風火輪喔？我還以爲是起火的電風扇。

火靈山大王又是什麼中二的名字？現在的玩家哦，以爲在遊戲裡沒人看見，什麼羞恥的暱稱、囂張的行爲都做得出來，完全不把NPC當人看，殊不知NPC們表面上裝作毫無反應，轉頭都拚命偷笑。

有的玩家更慘，隔天直接登上NPC日報的娛樂版頭條，被封上「XX哥」的名號，例如這個到處掃街的玩家，明天可能就會變成「電扇哥」。

無奈我們NPC身爲服務業，遇到再難搞的顧客還是要爲他服務。

我靠近電扇哥，剛準備說出第一句臺詞……

電扇哥看見我，忽然全身一震，表情稱得上花容失色，立刻卑躬屈膝，慌張地說道：「北北哥！許久不見，失敬、失敬！小弟不知道這裡是你的地盤，我馬上就走！馬上就走！」

「北北哥」是什麼難聽的稱呼？

我愣了愣，接著反應過來這個電扇哥好像認識我，我抬頭看他的頭頂——沒有顯示任何暱稱，原來他不是玩家！

名字那麼中二，我還以爲他是玩家呢。

話說回來，我不記得亞虎伺服器大陸有這號NPC，不過整個伺服器的NPC人數眾多，我不可能每個都認識，更何況我不定期失憶已經不是一兩天的事。

我想，應該是當初帶哪個玩家的時候遇見的吧。

電扇哥不知爲何對我相當殷勤，拿著手裡的電風扇一邊替我吹風，一邊向我介紹他那兩臺電風扇……我是說風火輪。

他滿臉堆笑：「我這兩臺吼，不只可以吹暖風暖身體，夏天加個冰塊還可以吹涼風喔！」

這根本就是電風扇了吧！

雖然對我示好的NPC很多，但火靈山大王的舉止看起來有種說不上來的怪異，比起追求者更像是……小弟？

「北北哥，還有什麼需要我幫忙加熱的嗎？」

說到加熱……對了！

「可以幫我加熱肉包嗎？我之前拿到的都還沒吃呢！」

「可以、可以，當然沒問題！」

我喜孜孜地摸了摸小糖，準備把肉包拿出來，摸了老半天，卻沒有摸到肉包。

等等……奇怪，我什麼時候有肉包了？那是人類世界才有的稀有產物，我怎麼可能會有呀？

在我恍神之際，原本畢恭畢敬的火靈山大王突然發出一聲高八度的尖叫，撒腿就跑，邊跑還邊說：「阿彌陀佛、耶穌基督，救命啊！」

我感覺身後傳來一股涼意，緩緩回頭，瞧見的是一身漆黑的衣著、寬闊的胸膛、線條俐落的下巴……我終於明白火靈山大王爲何會嚇得屁滾尿流，在這個男人面前，火靈山大王的氣勢根本算不上什麼，簡直是一隻可愛的吉娃娃。

更嚇人的是，我看見男人頭頂上亮著一排金色的稱號外加名字——林北龍總。

他是玩家。

靠，這麼恐怖的大BOSS居然是玩家！

這時，龍姓玩家忽然動手抓住我，我本能地僵在原地，動也不敢動。

但身爲一名敬業的NPC，被玩家觸碰之後必須說出臺詞，於是我忍著恐懼，勉強撐起高傲的姿態，「哼，龍姓玩家，居然敢一來就抓住本公子，快放手，你這是在玩火！」

龍姓玩家看著我，側了下頭，像是在端詳獵物的黑豹，考慮該從何下嘴。

我瑟瑟發抖，仍然爲了年底的年終獎金強打起精神，對上了他那雙金色的眼眸——他的眼神如預期般銳利得可怕，我卻忽然一陣恍惚，隱隱感到一絲熟悉，這個記憶中的金色調，溫暖得讓我茫然，甚至不明所以地想哭。

龍姓玩家終於開口，嗓音很沉：「林北北，這是你最後一次甩開我，否則，我一定玩你。」

我被罵得一縮，「你……爲什麼知道我的名字呀？你到底是誰，怎麼這麼凶……」

龍姓玩家冷冷地說：「你老公。」

「你、你是不是想仙人跳？先說好，我這個月的薪水都拿去買和牛了！我沒有錢！」

語畢，我彷彿看見龍姓玩家的太陽穴直冒青筋。

龍姓玩家咬著牙擠出一行字：「……婚姻綁定。」

我一頓，霎時懂了，「你是……有過婚姻綁定的回鍋玩家？」

只有這樣才能解釋他爲何認識我，因爲一般而言玩家只要重新開始遊戲，遇到同一個NPC的機率只有千億分之一。除非兩人之間有過婚姻綁定，才能確保由同一個NPC終身服務。

龍姓玩家不置可否，「叫我龍棠。」

我驚嘆，這輩子從來沒見過成功婚姻綁定的玩家，畢竟婚姻綁定要價上百萬，所以這位是VVVIP等級的大課長啊！

在我驚嘆的同時，冷不防發現不對勁。

不對，我們根本是不同世界的人，怎麼想我都不可能同意跟玩家結婚啊！

「我們結過婚？不可能！我有同意嗎？」

「你自願的。」

「那就更不可能了！」

龍棠挑眉，看了看我們的腳邊，我讀懂他眼神的意思——既然我們兩個都站在這裡了，代表婚姻綁定是眞的。

「好吧，看來只有一種可能了。」我皺眉，「所以你眞的是仙人跳？」

「……我沒有設陷阱，林北北，是你自己同意，又擅自忘記。」龍棠按住我的肩膀。

他捏得很緊，即使我喊痛也沒放手。

怎樣？他是死掉重玩所以火氣大嗎？

周圍的攤販早就被嚇得逃之夭夭，我看著龍棠陰鷙的表情，竟意外地不會感到害怕，反而思考著該怎麼讓他消氣，不想看到他露出這樣的表情——因爲我總覺得，他的表情裡，除了憤怒，還有更多難以言喻的情緒。

我嘆了口氣，這個玩家是不是太入戲了？

「你說你叫什麼？龍糖？」

龍棠注視著我，「海棠的棠。」

「咦？糖果的糖明明聽起來比較好吃……」

龍棠聽見我的喃喃自語，不知爲何表情稍霽，沉默地凝視著我。

怎麼最近的人都這麼情緒化呀，難道他現在也更年期嗎？

「咳咳，龍棠，你聽好了，雖然你可能已經知道我們第一個關卡要去哪裡，你還是得照我說的做……」

我維持著冰山美人的人設，擺高姿態，雙手交疊，斜眼看向龍棠——才發現他已經不見人影。

我慌張地左顧右盼，發現他朝第一關的反方向走去，我趕緊追上，「喂、喂，你要去哪裡？」

「第三關。」

我一聽臉色都變了，沒有這種玩法！就算前兩關都已經玩過了，但只要玩家死亡就得重頭再來。即使直接前往第三關的地點，關卡也不會被觸發，甚至還會出現數以萬計的怪物阻止玩家繼續前進。

我喊著龍棠，他卻充耳不聞，礙於腿長差距，我一時追不上他，只能在後面小跑著。

沿路經過一座橋，我漸漸停下腳步，看著龍棠的背影，莫名有些恍惚。當我回過神時，手裡已經拿著手機，對著他的背影「喀嚓」一聲。

龍棠走得飛快，看似根本沒注意我這邊，然而當我按下快門的那一剎那，他幾乎是立刻回頭，彷彿一直暗中留意著我。

我嚇了一跳，我是怎麼了？怎麼會無緣無故偷拍玩家？

緊張地握著手機，我結結巴巴道：「抱、抱歉！我不是故意的！我、我馬上刪掉！」

我低頭打算刪照片，打開相簿，卻赫然頓住。

「奇怪……什麼時候有這些照片？」

龍棠一聽，立刻跑過來搶走我的手機，出乎意料地急切。

「喂！你做什麼呀！別亂看別人的東西！」我滿臉通紅地想拿回手機，卻被他按著腦袋，撈半天撈不回來。

剛才相簿裡，不知爲何有一堆我睡著後的照片，不只睡得東倒西歪，睡衣也歪了半邊……這種私人照片，怎麼能讓外人看！

龍棠越看越眉頭深鎖，「沒有……爲什麼沒有？你不是拍了很多張我的照片嗎？爲什麼都沒有了？」

我困惑了一瞬，趕緊擺手，「沒有、沒有，我沒有拍很多張！我剛剛只拍了一張而已！」

龍棠搖頭，不再繼續追問，只是低喃道：「都沒有了……我的存在，完全被抹除了。」

偷瞄了一眼，發現龍棠臉色很沉，我以爲他又生氣了，卻覺得有些奇怪……與其說他在生氣，他看起來更像難受。

龍棠說道：「對你而言，這些是不是都是不重要的東西，所以才能呼之即來，揮之即去？」

我聽不明白龍棠的意思，但他沒有打算解釋，掉頭就走，不顧我在後面追喊。

龍棠果眞熟門熟路，看見他往馬瑞拉山腳下的車站前進，我急得跳腳，這樣眞的會出大事！之前也有玩家不願重頭來過，直接前往第三關，結果半路就被怪物殺死了。

說時遲那時快，遠處忽然傳來急促的鳴笛，我轉頭一看——馬瑞拉列車入站了。

不過列車有些不對勁，車頭斜了一邊，同時響起了兵荒馬亂的急煞聲，列車竟然脫離軌道，朝龍棠直衝而來！

我本來以爲頂多是列車上會出現怪物阻擋，沒想到我們現在竟然連車都上不了。

然而，厄運沒有就此停止，龍棠面前突然衝出一大群怪物，一個個都是魔王等級，有魚頭人身、人頭蜈蚣、綠毛蟲小孩還有人面蜘蛛等等多達三十幾位。

我看著眼前宛如世界末日般混亂的場景，心想：完了、完了，這個玩家又要掛了，而且還掛得很慘，我會不會被客訴？

這時，旗魚王驀地轉頭看向龍棠，龍棠閃了一下，差點被他頭上極長的尖刺插到。

旗魚王對著龍棠大喊：「爸爸！別擔心，我們罩你！」

……啊？

吼聲此起彼落，所有魔王一個個叫爸爸，圍成一個巨大的圍牆，擋在龍棠面前，誓死爲他抵擋火車前進。

這些魔王不但沒有阻擋玩家，還反過來維護玩家，到底是怎麼回事？

不，應該說，這個玩家到底是何方神聖？

眼看列車就要迎面撞上，刺耳的煞車聲劃破天際。千鈞一髮之際，列車即時煞住，停在眾魔王面前，不少魔王腿軟跪地，所有人終於鬆一口氣。

列車上跳下一名警察NPC，鏗鏘有力地道：「各位沒事吧？警方已經及時處理脫軌事故，後續會再釐清肇事原因。」

「無司！」我喊著老友的名字，想不到會在這裡遇上他。

龍棠聽見我喊無司的名字，原本不動如山的臉色驀地一變，心情明顯更差了。

我把無司拉到一邊，小聲道：「無司，快幫幫我，我遇到不講理的奧客了！

這個玩家都還沒玩第一關就直接想闖第三關，你能幫我把他抓起來嗎？用武力也沒關係！」

無司面有難色，「用武力有困難。」

我搗起眼睛，「你放心我什麼都看不到！畫面都是黑的！」

無司一臉無奈地拉下我的手，「是要抓他有困難，我打不過他。」

「啊？怎麼可能！我記得只要玩家做出明確違反遊戲規則的行爲，警察NPC就會獲得系統最高權限，能將玩家驅逐出境。他怎麼可能打得贏你？」

無司沉思一會，說道：「我舉個例，假設我現在是全宇宙最強的人，擁有神賦予的無限超能力。」

「嗯嗯，然後呢？」

「然後他就是那個神。」

我張著嘴，啞口無言，好一會才反應過來，「等等，他到底是誰？爲什麼你們每個人好像都跟他很熟？」

無司嘆了口氣，拍拍我的肩，「北北，我的原則不容許我透露太多，你的記憶已經被清空，說再多也沒用。我只能說，他想做什麼，你就跟著他做，他不會害你，希望……你能找到回家的路。」

我第一次聽到剛正不阿的無司公然容許玩家胡作非爲，而且他說的話我只聽懂一半，回家的路？我記得回家的路呀，我又不是路癡？

我還想再問些什麼，無司卻說有事要忙。

只見他管理了現場的秩序，遣散驚魂未定的魔王們，請他們各自回老巢去，最後只剩下一頭霧水的我，以及那個若無其事的混亂來源。

我看向龍棠，覺得與其猜東猜西，還不如直接問本人，「你到底是誰呀？爲什麼他們都認識你？」

「你記得無司，記得那些魔王，卻唯獨忘了我。」龍棠瞟了我一眼，我頓時渾身發毛，他接著說：「沒關係，我已經想通了……如果你走不了，我就在這裡，不回去。」

別這樣啊，我要下班啊！

龍棠沒理會我眼神中的抗議，我想著他要直接去第三關就去吧！既然無司都叫我跟著他走，那就這樣吧，而且早點完成任務就能早點吃飯嘛！

我問龍棠：「現在列車停駛了，你要怎麼上山？」

龍棠拿起手機，撥了通電話，只簡短地說了句：「我在這。」

沒多久，天色忽然暗了下來，我困惑地抬頭一看，才發現並不是天黑，而是一個龐然大物擋住了太陽。

飛行物緩緩下降，最後，一臺足足有球場般大的航空母艦停在我們眼前。

我看傻了眼。

不只因爲它很大，更因爲我只在電視上看過航空母艦，這不是現實世界的東西嗎？這麼大一臺他是怎麼帶進來的？！

航空母艦的艙門開啓，上頭下來無數個穿著制服的人，一個個頭上都有不同的數字代號——他們全部都是玩家。

這比航空母艦還讓我震驚。

每個伺服器大陸只能有一個玩家，這是幾百年來系統定下的規則，若是超過一位玩家待在這裡，遊戲很有可能會崩潰。

這個遊戲太過擬眞，需要耗費非常多能源才能正常運行，伺服器支撐不了這麼多玩家。

「他們怎麼進來的？！」

「從現在開始，遊戲規則改了。」龍棠說道。

「什麼？」

「我把所有伺服器都關了，只剩下這裡。」

伺服器可以說關就關的嗎？你眞的是玩家嗎？還是意圖征服我們世界的大魔王？

那些穿著制服的人朝龍棠跑來，恭敬地點頭，一個個喊道：「老闆、龍總。」

有幾個人看到我，明顯愣了一下，接著熱淚盈眶，「小北……」

怎麼回事？我很有名嗎？現在是粉絲見面會？

龍棠說：「他們都是遊戲的測試員和工程師。」

聞言，我的腦袋差點當機。

等等，這些人……就是創造我們以及這個世界的人嗎？那不就是我們的神嗎？！我才該熱淚盈眶吧！

神仙們看了一眼龍棠，似乎在徵求他的同意，得到許可後，客氣地對我說：「遊戲出現BUG，我們進來修改，那個……千萬不要拘束！叫我們編號就可以了！」

神仙們好像很怕我當場跪拜，便趕緊說明。

我第一次見到神，不知該說驚喜還是驚嚇，這麼高階的官員來訪，是不是要通知唐禿呀？

我注意到其中一個編號144的測試員一直偷瞄我，像是想跟我搭話，卻被周圍的人阻止。

很快所有人喊著說要啓程，我便被轉移了注意力。

由於第三關位在山頂上的神殿，軍艦無法降落，所以我們得徒步爬行，我光看著漫天白雪和高聳的山峰就感到卻步，「請問……你們要修BUG，我應該幫不上忙，我可以回家了嗎？」

編號013測試員：「小北，你也必須在場才行，別擔心，我們有工程師同行，隨時可以修改遊戲布景，實際上走起來不會太累！」

「不是，我不是擔心太累，我是擔心這一趟走完要花太多時間，不知道什麼時候才能吃晚餐呀！」

「沒事，食物我們都準備好了。」編號013拿出一盤熱騰騰的食物。

什麼？想用食物引誘我嗎？我這個人很有原則！只要給我食物我就什麼都不計較，這就是我的原則！

「那我們還等什麼？快走吧！」

第二章　有人第二章就在打最後大BOSS嗎？

的確如神仙們所說，登頂的路沒有想像中困難。工程師一路用電腦修改程式，雪都停了，只剩下白花花的雪地和雪白的杉樹，路也變成一條長長的樓梯，沒有想像中崎嶇危險。

我驚訝地看著神仙們施展法力，只見他們在筆電上劈哩啪啦打出一串代碼，四周的景物便不斷變換……原來這就是神蹟呀！

即使如此，要到達山頂依舊路途遙遠，我們走了一半，天色漸漸變暗，有人問龍棠是否要中途稍作休息，龍棠點頭。

我這才突然想起，這些神仙們怎麼對龍棠畢恭畢敬？甚至還叫他「老闆」，但他們看起來又不像上對下的關係呀，反而關係很好的樣子……

奇怪，不只魔王們、無司，就連遊戲外的神仙們都對他如此尊敬，他到底是什麼人？

我想了想，突然發現一件事——對呀！課金玩家才是老大，付錢的最大嘛！就像我們把玩家當成皇帝一樣，遊戲公司的神仙們尊敬他也是合情合理。

我看著鞠躬盡瘁的神仙們，突然覺得倍感親切，彼此之間的距離一點都不遙遠了，原來大家都是爲錢打拚的辛苦人。

這時，那個剛才一直偷瞄我的編號144測試員走過來，主動找我搭話：「你好，我姓葉……」

其他測試員一見到他找我說話，立刻前來阻止：「老闆不是說了你不能跟他說話嗎？等下刺激到他的記憶怎麼辦？」

「可是，龍總才是跟他最親的人吧？要說刺激，龍總不是才更不應該……」

「你知道海鷗是怎麼死的嗎？」龍棠不知何時出現在我身後，冷冷地開口。

周圍的人倏地禁聲，作鳥獸散，編號144測試員明顯還沒察覺氣氛不對，疑惑地問：「怎麼死的？」

「被你吵死的。」

編號144測試員頓時表情僵化，終於意識到自己話太多。

當我們吃飽喝足，準備再次上路時，編號144測試員趁沒人注意的時候，又溜到我身邊，「嗨，我姓葉。」

「我知道，編號144測試員。」

「……你就沒有想起些什麼嗎？」

他這是什麼意思？

編號144測試員看我一臉困惑，左顧右盼一會，確定其他人都在忙著手邊的工作，龍棠也被人群包圍看不清這邊，他才小聲問道：「假設……我是說『假設』喔，你其實是個玩家，但被困在遊戲裡出不去，甚至失憶了，還以爲自己是NPC！雖然日子看起來過得不錯，卻一直不知道自己的眞實身世……你希望知道眞相嗎？」

我皺著眉，這什麼八點檔劇情啊？現在的遊戲劇情都沒那麼狗血了。

望著編號144測試員希冀的眼神，我認眞思考一會，而後問道：「你說我沒辦法離開遊戲是嗎？」

「姑且算是。」

我毫不猶豫地說：「那當然什麼都不知道最好呀！你們的現實世界有那麼多

好吃的東西，要是不能出去該有多難受啊！」

編號144測試員愣了愣，喃喃道：「還是龍總了解你……」

「什麼？」

「沒事、沒事，當我什麼都沒說。」

再次上路時眾人顯得輕鬆許多，每個人都吃得很飽、穿得很暖，要不是一路上他們都在討論如果遇到BUG該如何處理，我還以為大家是來員工旅遊的。

當明月高掛天際時，我們來到第三關的地點——馬瑞拉神殿。

我們亞虎伺服器大陸的首席唐禿……我是說唐理事，很有可能就在神殿內。唐理事應該早就從系統得知玩家來臨，他到現在還沒有出面阻攔，應該就是打算在第三關發難。畢竟馬瑞拉神殿是專門供奉他的神殿，在這裡他身為最後大BOSS的實力才能完全發揮。

比起見到唐理事的緊張，我更擔心唐禿會不會一開門就發動攻擊？現在我身邊這些玩家一個個都是神仙級的人物，高官中的高官，我怕他一發動攻擊就直接被一鍵刪除了。

正當我思考著該如何給唐禿通風報信時，測試員們推開了大門。眼前富麗堂皇的神殿，看似許久無人進入，夜晚的月光從窗外透入，讓四周的灰塵散發出點點銀光。

但我知道這些都只是爲了營造氣氛的場景，畢竟這裡前幾天的晚上才剛開完睡衣派對而已，教堂椅子下面還遺留了一件四角內褲。

我趁沒人注意，面帶尷尬把四角內褲踢到椅子最裡面。幸好所有測試員臉色都綳得很緊，目光筆直地看著大廳最裡頭那座神像，沒人注意到地上。

雪山神像發出「喀啦、喀啦」的聲音，原本背對眾人的神像漸漸轉到正面，露出正臉，它眼冒藍光，嘴長鬍鬚，手持權杖。接著雕像冒出裂痕，應聲碎裂，雪山神破殼而出！

雪山神漂浮在半空中，像個德高望重的聖人，用沙啞的聲音喊著：「狂妄的旅人啊！竟敢踏足我雪山神殿……」

我聽唐禿對神仙們說出一貫的臺詞，頓時冷汗直流，完了、完了，真正大不敬的是你啊！

我一點都不擔心這些神仙們會不會被攻擊，因爲這些招數都是他們寫出來的，隨隨便便就能破關，我現在更擔心唐禿的性命不保啊！

我著急地思考該怎麼向唐禿打暗號時，意想不到的事發生了……

「砰！」神殿頂部傳來爆裂聲，屋頂被打穿，接連跳下十三名身穿黑衣和黑袍的NPC。

是黑色軍團，NPC中最讓人聞風喪膽的存在。

據說他們掌握了系統的BUG，早已突破遊戲最高等級，真實實力深不可測，就連擁有最高權限的警察NPC也抓不住他們。此外，最可怕的是，只要他們出現在玩家面前，那名玩家就會被凌虐致死。

「BUG出現了！A計畫、A計畫！」工程師們紛紛拿出儀器，劈哩啪啦地輸入程式碼。

氣氛明顯變得緊張，和剛才輕鬆郊遊的氛圍截然不同，顯然他們也知道黑色軍團的存在，又或許他們就是爲了黑色軍團而來……

「人數太多了！」

「消息不是說他們只會分散行動嗎？」

聽工程師們驚慌的耳語，我回憶了一下，的確從沒見過黑色軍團成群結隊地出現。我聽說他們彼此之間並不友好，屬於競爭關係，所以從不集體行動，怎麼會同時出現在這裡？

「不、不行！無法控制！找不到此NPC！」

「我也是！怎麼回事？」

「說不定……他們已經脫離程式，不屬於系統可控的NPC了。」

聞言，我深感不妙，把站在最前方的龍棠往後扯，焦急地說：「你們快跑！神殿大門還沒關，關卡還沒開始，門外應該有存檔點，你們先離開……」

我話還沒說完，「砰」的一聲，大門應聲關上，神殿陷入昏暗，只剩黯淡的月光從屋頂大洞透進來，顯得危險而詭祕。

我驚慌地轉頭看向唐禿，因爲這個關卡是由他觸發，他明明看到黑色軍團出現，爲什麼還要強迫玩家進入關卡？

「唐理事！黑色軍團出現了，我們先疏散玩家！」

「爲什麼？」唐禿笑逐顏開，「我已經等很久了，來自現實世界的人們。」

什麼時候有這個臺詞了？唐禿你怎麼自己加戲了？

在我震驚的目光下，唐禿的臉部漸漸長出白色毛髮，身軀也變成原來的五倍大，脫離人形，變成面目可憎的怪物。

怎麼回事？這是新的設定嗎？魔王的新造型？

我好一會才反應過來，唐禿這個造型出乎意料眼熟……

這時我終於明白，這不是關卡，唐禿也是黑色軍團的一員，他就是傳說中的暴雪怪物。

暴雪怪物是遊戲世界近期出現的新型變種怪物，據說可以改變外貌、操控天地，堪比「系統」一般強大的存在。由於其能力太過誇張，至始至終都有人質疑暴雪怪物是否眞的存在。

我內心充滿驚愕，甚至連話都說不出口。

唐禿對著神仙們說道：「我知道，你們是爲我們而來的，而我也在等你們聚集。通通成爲我的養分吧！」

唐禿沒有廢話，抬手就釋放一個大招，暴風雪掃過眾人，在一陣驚呼中，前排的人們變成了冰雕。

「龍總！」144號測試員速度出乎意料地快，幾乎一秒擋在龍棠面前，下個瞬間，他也成了冰柱。

「葉飄流！」我下意識驚喊出聲，喊完愣了下。奇怪，這是誰的名字？

「你第一個想起的居然是他？」就連面對暴雪怪物龍棠都能面不改色，現在他的語氣卻極度陰沉。

什麼？想起誰？我不太懂他的意思。

龍棠冷哼一聲，「放心吧，他們沒事。」

語畢，龍棠往左一閃，又一道暴風雪朝我們襲來。

我被風雪遮住視線，只能艱難地抬手稍微抵擋，幸好在關卡中我對魔王的攻擊抵抗力很高，不然早已倒地不起。

龍棠打橫把我抱起，直接扔到柱子後面，躲在柱子後的測試員們手忙腳亂地接住我。

見我一副驚魂未定的樣子，測試員安慰道：「小北，不用擔心，我們進入遊戲前有穿新研發的防護衣，當生命値降到一定數値就會強制退出遊戲。」

聞言，我這才放下心，轉而看向唐禿，心情逐漸從焦急變成憤怒，「唐理事！你到底在做什麼！你已經是亞虎大陸最高首席了，爲什麼還要加入黑色軍團？！」

唐禿停下動作看著我，一臉好笑，「黑色軍團本來就是我創的。」

什麼？

唐禿不斷對龍棠展開攻擊，顯然他的目標是龍棠。

龍棠閃避極快，在神殿裡快速穿梭。

唐禿大笑：「你躲吧！看你能躲多久？所有人一起上！」

黑色軍團居然眞的聽從唐禿的指令，全員出動，在神殿裡燒殺擄掠。

我和測試員們抱頭鼠竄，只能到處逃跑。可惜敵不過他們的速度，在他們眼中，我們就像逃生的螻蟻，只要伸手就能捏死。

眼睜睜看著一群又一群技術員被虐殺，我內心焦急，卻又無能爲力，因爲我只是個普通的NPC。

這時，黑暗陰兵盔甲忽然閃現，降落在龍棠面前。

「又見面了，玩家。」黑暗陰兵盔甲隔著面罩發出呼吸聲，夾帶著陰惻惻的笑意，「想不到吧？雪山神把我復活了，現在的我，已經和以前不同了……」

黑暗陰兵盔甲拳頭撞擊拳頭，身軀驀然變得高大，足足比龍棠高出半個人身，背部弓起，伸出長爪，已然沒有人類的模樣，成了穿著盔甲的巨蜥。

黑暗陰兵盔甲同時掐著兩個測試員的脖子，看著他們吊在半空中痛苦掙扎，愉悅地道：「我的等級早已突破萬等，你要怎麼跟我打……」

黑暗陰兵盔甲的話哽在喉嚨，睜著惶恐的雙眼，下一瞬間，「喀咚」一聲，蜥蜴頭滾落在地。

「怎麼……可能……」滾落的蜥蜴頭仍不甘心地冒出殘存的話語。

龍棠僅靠一把短刀便解決了變異的怪物，他擦著冒血的短刀漫不經心地說：「只有一個理由，破萬等的怪物對我來說，還是太弱。」

黑色軍團不敢再大意，事實上，他們從一開始就忌憚著龍棠，所以才會成群結隊攻擊。

所有人撲向龍棠，各種招數全往他身上打，快如光速，畫面眼花撩亂。

旁人根本看不清發生什麼事，只見無數光影四射，以及許多黑衣怪物被擊飛，摔出攻擊中心，化成灰燼。

「龍總！龍總！龍總！」神仙們興奮地尖叫，簡直快變成龍棠的粉絲。

「第一次見識到龍總的走位，太厲害了啊！」

「你看他放技能的時間點，完全沒有落差！」

「偶像！偶像！」

這時，站在演講席的唐禿呵呵笑了一聲，看著自己創建的黑色軍團逐漸團滅，他卻毫不在乎，彷彿一切早在他的預料中。

最後一個存活的黑色軍團爬到唐禿面前，揪住他的腳，「雪山……神……把我們復活……」

唐禿瞟了他一眼，忽然一爪刺入他的喉嚨，殺了他。

所有人倒抽一口氣。

「果然，這些小囉囉擋不住你對吧？」唐禿看向龍棠，咧開嘴角，露出了尖銳的牙齒，「來試試我的實力如何？」

說完，唐禿的腹部傳來驚悚的尖叫聲，灰白色的皮毛被掀開，只見他的肚子上滿滿的都是人臉！

人臉發出痛苦的慘叫，重複著生前的恐懼。

我被噁心得差點吐了，神仙們同樣臉色慘白，激動地討論：「找到BUG了！就在這裡！他實力這麼強，都是殺玩家奪來的！」

「天啊，他到底殺了多少玩家……」

唐禿大方地亮出了滿身的人臉，非但不藏匿罪行，甚至還當作勳章展示，

「編號3468，這一切都要感謝你。」

什麼？叫我嗎？可是那不是我的編號啊。

「編號4569，我不是BUG，你才是。」

我茫然，不明白唐禿的意思，只能躲在柱子後面偷偷看他，他一身人臉眞的太可怕了！

「謝謝你帶他們過來，如果不是你幫我帶來這麼多玩家，我也不會變得這麼強……」

「少廢話。」龍棠打斷唐禿的自豪狂放，「你的話和你一樣毫無意義。」

唐禿嗤笑：「龍總，你再囂張也就到現在了，你以為你還是統治整個遊戲世界的神嗎？不，現在這個世界歸我管了。」

說完，唐禿伸手一揮，神殿斑駁的牆壁產生一道道黑色的裂痕，如同枯枝不斷向上蔓延，白漆剝落，從裂縫中流淌出暗紅色的岩漿，逐漸侵蝕地面，將整座高聳的神殿變成炙熱的火山谷。

先不提唐禿什麼時候擁有改變遊戲背景的能力……龍棠什麼時候是神了？他

不是玩家嗎？

可惜現在顧不得思考，地板受到加熱特別燙腳，我在地上蹦蹦跳跳，忽然被龍棠一把撈起。

龍棠面無波瀾地說：「只有兔子會這樣跳，你是兔子嗎？」

你才兔子，你全家都兔子！你們玩家有強化忍耐力的靴子可以穿，我可沒有啊！

唐禿不以爲意地瞟了一眼龍棠身上的裝備，「你說你們穿那什麼防護衣，生命值降低就會自動退出遊戲？哈！我一秒就能殺死你，你要怎麼退出遊戲？只要吃了你，我就無敵！」

唐禿明明距離我們很遠，但當他最後一句話落下時，腳下的岩漿卻突然奔騰湧出，宛若滾燙的熱水，瞬間把我們淹沒……出乎意料地沒有想像中炙熱，我睜開眼，發現自己不知何時來到柱子後。

龍棠正一手撐著柱子，若無其事地問工程師們：「測試完了？數值是多少？」

我眨了眨眼，剛才的畫面彷彿是一場夢。

「報告龍總，實測完畢！施技時間1.063秒，移動速度0.75秒，對白語速兩秒。」

我忽然明白，原來剛才龍棠四處閃避，遲遲沒有攻擊，只是爲了測試唐秃變異後的數値。

龍棠皺眉，「1.063秒？最強的變異種只有這樣？」

我看見唐禿表情崩裂，顯然他也意識到了龍總的意圖，不僅如此，他還被小瞧了。

「不需要了，毀了吧。」

隨著龍棠一聲令下，工程師按下按鈕，唐禿的後腦勺應聲爆裂。

無頭的身軀頹然倒地，他肚子上的人頭彷彿繼承他的意志，瞠目說：「爲……什麼……」

見到唐禿倒地，躲起來的測試員紛紛冒出來，「你和我們龍總還差得遠呢！你沒看到嗎？剛才龍總不只躲過岩漿，還繞到你後腦勺裝了引爆裝置，才又繞回來！」

不要說唐禿，連我都不敢置信。1.063秒完成三件事，而且測試員各個都能看清他1.063秒裡的所有動作，我感覺我跟你們玩的不是同一款遊戲……

周圍的場景漸漸恢復原狀，神殿再度回歸平靜，事情告一段落，神仙們收拾殘局，一邊問龍棠：「龍總，我們要回公司了嗎？您下午三點要開會吧。」

「Johnson哥一直在催，好像很怕您丟著公司不管，又在這裡待好幾天不回來。對了，他還要我向您帶話：『您再不回來，我就把林北北的角色名改成「紅顏禍水」』。」

「哈哈，小北僵住了，是因爲不想改名叫『紅顏禍水』嗎？」

「不是吧，他好像很震驚……呃，我們有人跟他說過龍總是我們的老闆嗎？」

龍棠擺了擺手，「說不說已經無所謂了。」

我有所謂啊！原來你不是大佬，是大老闆嗎？！

我直到現在才知道龍棠的眞實身分，心情十分複雜，不知道該爲自己一路以來的大不敬感到害怕，還是該爲看到神仙老大感到興奮……

此外，我還忽然意識到一件事，「那些魔王叫你爸爸，是因爲他們早就知道你的身分？！這裡每個人都知道嗎？」

神仙降臨，他們怎麼能這麼冷靜！

龍棠搖頭，「不知道。」

「那他們怎麼……」

「我讓他們叫的。」

我恍然大悟，「我懂了，你明明是創造他們的爸爸卻不能說，這讓你在遊戲中感到寂寞，所以暗示他們叫你爸爸？是這樣嗎？」

龍棠用一種看白痴的眼神看我，「是因爲爽。」

……把老闆想得太仁愛是我的錯，你們都是該死的資本家。

正當我們收拾行李準備離開時，地面上傳來物體滾動的聲音。我低頭一看，一顆頭顱停在我腳邊，朝著我露出詭譎的笑容。

我嚇得大叫，趕緊跳開，只見地面滾出數百個長著唐禿的臉的頭顱，將我們團團包圍！

「你們以爲我死了？不，我不是說了嗎？這個世界歸我管，我無所不在……」無數張嘴嘲笑著我們，聲音宛如回音迴盪在我們耳邊。

我們錯了，唐禿和黑色軍團不一樣，和所有NPC都不一樣，殺了一個他，還有千千萬萬個他，他就像病毒一樣，早已擴散到整個系統。

我害怕地揪住龍棠的衣角，回頭才發現攀在龍棠身上的不只我，所有神仙們都瑟瑟發抖地抓住他的四肢，把他當作唯一的避風港。

唐禿如此可怕且難以戰勝，龍棠卻依然沒什麼表情，這讓我有股錯覺，彷彿無論遇到什麼樣的敵人，他都能毫不猶豫地秒殺對方。

龍棠說道：「放手。」

所有人立刻放開，不敢阻礙他前進，而後引頸期盼地等著，不知道龍棠打算如何解決這一關。

龍棠剛踏出一步——忽然間，他的腳邊浮現藍色存檔點，然後整個人瞬間消失在眾人眼前。

教堂冷不防傳來遊戲破關的音效，以及玩家下線的聲音。

現場氣氛頓時一片尷尬。

工程師乾巴巴地解釋：「呃……因爲剛才龍總把雪山神的身體炸了，系統判定龍總殺死BOSS，所以破關下線了……」

我傻眼，而更傻眼的還在後頭。

神仙們各自抱著整理好的行囊，無比迅速地說：「小北，我們也先閃了啊！你放心！我們調整過設定，NPC殺不死NPC！而且即使玩家破關後這個關卡也不會重置，等我們明天早上回來啊！」

眨眼間，所有人全數閃退。

這意味著，明天早上九點我才能再見到他們。因為玩家一但退出遊戲，即使他們馬上再次登入，遊戲內的時間也不會受影響，為了讓NPC有充足的休息時間，統一都是隔天早上九點才能再見到玩家。

所以，現在只剩我一個人面對無數個詭異的唐禿頭顱。

拜託讓遊戲重置啊！

頭顱上千千萬萬雙眼睛詭異地看著我，唐禿開口，「現在，沒有人可以打擾我們了。」

我瑟瑟發抖，搓了搓手臂，「唐禿……我是說唐理事，其實你是開玩笑的吧？你是個好BOSS，你只是為了提高劇情難度，讓玩家擁有刺激的冒險，才說自己是黑色軍團吧！既然現在玩家都離開了，我們可以下班了？」

我邊說邊躡手躡腳地想要偷偷離開。

「編號9224啊，如果每個NPC都能像你這麼天眞的話，日子肯定很快樂吧。」

唐禿的頭顱漸漸聚集，堆成了一座頭顱山，接著面容融化，融合爲一體，變成爛泥狀的怪物。

我以爲唐禿最開始的樣子已經足夠噁心，直到他變成暴雪怪物，現在又變成泥漿怪，屢屢突破我對噁心的認知。

唐禿伸出觸手，摸了摸自己的頭頂。

看到他這個動作，我深感不妙。即使他徹底換了個種族，這個習慣動作和光頭依然沒變。

「編號3959，雖然殺了你這麼好用的BUG很可惜，不過既然已經被公司發現，而且我也變得夠強了，留著你說不定會被別人所用——所以，還不如把你殺了。」

我聽不懂唐禿在說什麼，爲什麼他一直提到我是BUG?

可惜不容我思考，一記尖銳的冰柱朝我襲來，劃破了我的手臂。接著無數冰柱如同箭海不斷飛射而來，整個神殿爲之震動，他是眞的要殺了我！

我勉強地躲在柱子後，身上全是劃傷，銳利的疼痛讓我害怕地大叫：「唐禿！你殺不死我啊！NPC又不能自相殘殺！」

雖然死不了，但是很痛，我只能想辦法讓唐禿快點住手。

唐禿冷笑道：「既然都要死了，總要讓你死得瞑目。我說過了，真正的BUG是你。」

唐禿無視我的求救，述說起一段遙遠的過往。

多年前，他到古狗伺服器出差的那天，他使用了傳送器，原本他應該直接被傳送到開會的地點，但傳送途中，傳送器卻因爲不明波動發生故障。他跌出傳送器之外，又摔下山谷，瀕臨死亡之際，他跌進海裡，溫暖的海水將他包覆……

說到這裡時，唐禿的臉上浮現一抹幸福的笑容，面容上出現孩子般的表情。

那片海域意外地很淺，他從水裡爬起來，接下來的畫面宛如神蹟。

他看見兩個一模一樣的人站在海平面，一個是玩家，頭頂上頂著「林北北」三個字，另一個是沒有名字的NPC。

他們雙手相互觸碰，接著兩人周圍散發出強烈的金色光芒。

霎時間天搖地動，玩家的身體不斷釋放出紅色的能量，匯聚到那名NPC身上，玩家的身體漸漸變得灰敗，最後倒臥河中。

唐禿第一次知道，原來NPC可以取代玩家。但是，具體要如何實行，他並不曉得。

從遊戲誕生到現在，身爲魔王的他已經殺過無數玩家，可從沒有一次產生這樣的「BUG」。

在遊戲世界中，永遠是玩家最大，玩家總是能輕鬆地離線，無論他身爲魔王的力量多麼強大，玩家都能靠斷線逃脫，死了可以再重來。

玩家就像殺不死的敵人，這樣的想法深深根植在他心中陰暗的角落。

唐禿知道，這個叫做林北北的「NPC」會是他反敗爲勝的工具。

林北北在吸收玩家的意識以後，四周的光芒亮得刺眼，彷彿一道結界，他怎麼樣也無法接近。他試圖叫了幾聲對方的名字，然而林北北就像昏迷一般，閉著眼毫無反應。

這時，唐禿聽見一陣落水聲。

一個玩家茫然地從海岸邊坐起，摸不著頭緒，「怎麼回事？我不是應該被傳送到城中心嗎？」

看來這人和他一樣是誤闖到這裡的。

玩家注意到唐禿和林北北，驚訝地問：「喂，NPC，這裡是哪裡？哇！他是怎麼回事？爲什麼會發光……」

玩家好奇地看著他們，甚至想伸手觸碰林北北……

唐禿一個字也沒回答，抬手，一記冰柱刺穿玩家的喉嚨。

那名玩家再也說不出半句話，瞠目看著他，垂死掙扎。

唐禿想，只有他能知道這個祕密。

正當他想要斬草除根時，異變發生了。

林北北身上的光芒凝聚成觸手般的型態，接著伸向那個玩家，吸取玩家身上紅色的能量，引導到身爲NPC的他身上。

他感覺到源源不絕的能量湧入，唐禿看著象徵NPC身分證的手錶上的數字不斷飆升。原本已經升到遊戲頂標九千九百九十九等的他，等級突飛猛進，竟突破了限制，硬生生加了一千等。

一千等，是他在遊戲世界工作三十年，才得到的數字。

如今只是殺了一個玩家，就能得到如此強大的力量。

林北北引導完能量後，光芒漸漸淡去，唐禿上前查看後，發現他已經變成一名普通的NPC，並沉沉睡去。

唐禿把林北北帶回亞虎伺服器大陸，經過幾次測試，他發現林北北就像一個魔法陣，只有在他周遭一定範圍內殺死玩家，才能吸取玩家的能力。

不過麻煩的是，自己不能任意殺死玩家，因爲在關卡之外殺人，會引起系統的注意，如果被系統判斷自己是具有攻擊行爲的NPC，將會被處決。

幾天後，林北北忽然醒了，卻失去所有記憶，只記得自己是一個NPC……唐禿心想，就連老天也站在他這邊，他找到了解套。

他告訴林北北，他是反派NPC，負責誘惑玩家走到最後一關——如此一來，他就能在最後一關合理地殺了玩家，不被系統察覺。

日復一日，林北北帶來的玩家讓唐禿的實力日益壯大，然而無論他的實力再強大，卻不能爲世人所知。

於是他開始創建黑色軍團，以可以獲得BUG爲號召，讓許多部下也透過林北北獲得超能力。目的是建立起自己的黑色帝國，成爲眾人膜拜的魔王，成爲超越系統的存在！

唐禿看著林北北一次又一次帶領玩家來到第三關，一次又一次震驚又痛苦地發現是自己害死了玩家，一次又一次因爲玩家的死亡而記憶重置，他感到前所未有地興奮。

唐禿說完了無比冗長的故事，看著抱頭鼠竄的我，「林北北，是你讓我發現BUG，是你的錯，是你讓我知道，原來我還不是最強的……」

唐禿在說故事的過程中還不忘繼續攻擊我，不管我再怎麼逃，都逃不過他的手掌心。他是BUG中誕生的暴雪怪物，而我本來就不是戰鬥型NPC，能躲到現在完全是因爲運氣好。

我無心聆聽他的故事，甚至覺得他謊話連篇，「你編那麼多故事，還是沒告訴我，NPC之間不能自相殘殺，你要怎麼殺死我啊？」

龍棠說得對，他說的話簡直跟他的人一樣毫無意義！

又有好幾道冰柱射過來，正好從我的臉頰、手臂和大腿擦過，我全身上下都是血痕，卻沒有一招眞的致命。

唐禿終於道：「哈，你別忘了，在暴雪怪物之前，我還是首席，你們這些NPC只是受我擺布的棋子。我想刪除你，不過就一秒鐘的事！」

我都忘了，唐禿可以運用權限刪除任何NPC，也是這一刻我才發現，唐禿這些攻擊行為都毫無意義，而我也不是剛好躲過他的攻擊。

唐禿是故意的，他不只要殺了我，還要讓我在死之前備受折磨。

「林北北，我早就看你不順眼了，憑什麼你這個沒用的NPC能掌握這麼大的BUG？憑什麼我得靠你才能得到一切！看看你現在無處可逃的樣子，多麼可笑啊，我已經夠強了，不再需要你了，整個遊戲大陸最強的人是我！所以，你去死吧！」

我的第六感隱約察覺唐禿要發大招，雖然心知逃不掉，但還是拚命地往柱子後跑。途中，我不小心踢到地上的裂縫，摔了一跤，背上的小糖被甩出去，裡面的東西散落一地。

我頓時不顧背後的唐禿，趕緊撿起滿地的食物，寶貝地抱在懷裡。

「小糖」是我的背包，是比我生命更重要的寶物，裡頭存放著我珍藏已久的各式各樣的美食，都是平時吃不到的稀世珍寶。我一直在等待某個奇蹟時刻，讓我可以好好享用這些食物。

唐禿一步步逼近，收起笑容，面容覆蓋著陰影：「差不多該結束了……」

我雖然想對唐禿大吼「你都已經是統治NPC的首席了，NPC全家都是你家了！你還想怎樣」、「妄想症是病，要治」。然而，實際上我半句話也說不出來，清醒著面對死亡的感覺太可怕，我一面抖著手收拾小糖，一面哭泣。

這時，我忽然看見小糖裡面有一個沒見過的小盒子。

奇怪，什麼時候有這個東西？

我伸手想把它拿出來，卻鬼使神差地不敢觸碰，總覺得非得是緊急時刻才能碰它。

想了想又發現不對，現在就是緊急時刻啊！我都快死了！

當我抓住小盒子上的緞帶時，腦中驀然閃過一句話。

「這個是護身符，能保你無事，但只有在緊要關頭才能打開，記住，只能使用一次。」

許多對話同時衝進我的腦海，刺激得我腦袋發疼，一時無法分清這是現實還是虛幻。

「能保平安？就算遇到暴雪怪物？」

「就算遇到所有怪物。」

「爲什麼給我這個？」

「我不一定能隨時在你身邊。」

「你眞好！跟你在一起的每一天都很開心！你呢？」

「開心，因爲我心向你。」

在我陷入混亂之際，唐禿在我背後陰惻惻地笑，「怎麼了？放棄掙扎了？很好，我這就成全你……」

我知道，這是我最後的機會。我顧不得發疼的腦袋，勉強地拉開緞帶——

意外地，盒子裡面只有一張薄紙。

紙上是一行龍飛鳳舞的油墨字，寫著：「那天，我看過你的背包，裡頭的食物幾乎都過期了。」

「林北北，你怎麼回事？爲什麼突然發光？喂、喂……你怎麼了？不要過來！滾開！啊啊啊啊啊！」

慘絕人寰的叫聲迴盪在馬瑞拉山，直到山河驟變，直到天崩地裂。

第三章　有錢人牽到遊戲大陸還是有錢人

隔天，遊戲工程師們紛紛登入遊戲。

「聽說昨晚馬瑞拉山被毀了，你們熬夜趕工修復是嗎？」

「別說了，整個晚上沒睡覺，不知道怎麼搞的，不要說馬瑞拉山垮了，連系統都突然大崩潰，所有伺服器的玩家都被強制斷線！客訴電話接不停……」

工程師仰頭看向天空，天色晴朗無雲，昨晚的世界末日彷彿只是幻覺，「昨天這裡到底發生了什麼事……」

此時的我，正站在神仙們中間，身上連接著無數線路，一面接受他們的系統測試，一面聽著他們討論昨晚發生的事，倍感尷尬。

印象中，昨晚我好像被唐禿逼到無路可退，最後理智斷線，但實際上做了什麼我都不記得了。

今天早上我在草坪上醒來，四周鳥語花香，昨晚的種種彷彿只是一場夢。

我原以為自己在馬瑞拉山腳下，後來才發現自己躺在已經被夷平的馬瑞拉山。

沒多久神仙們就上線了，圍著我問各種問題，做各種健康檢查和測試。

32號工程師問正在替我進行測試的245號工程師：「暴雪怪物已經抓到了吧？」

「抓到了，龍總在審問他，他不知道是驚嚇過度還是撞到腦袋，變得瘋瘋癲癲，一直口齒不清地說『不要過來、不要過來』。」

我搖頭嘆息，唐禿這是咎由自取，沒想到一介首席會落魄至此，不知道其他NPC知道了會作何反應？不過我想大部分的人應該是先歡呼吧。

工程師拔掉我身上的線路，困惑地說：「奇怪了，小北身上的數據和其他NPC一樣，毫無異常。我以為他本來是人類，數據應該會有所不同。」

……你說什麼？

「你確定？所有數值都測試過了？體能？腦質量？他是人啊，怎麼可能完全跟其他NPC一樣！」

你們爲什麼這麼光明正大在我面前討論我的身世之謎？

我天生的冰山外表讓我無法做出更劇烈的情緒反應，但事實上我的內心波濤洶湧。

這種感覺就像活了十幾年，第一次知道自己原來是火星人！

「呃，小北僵住了。你們有人告訴過他，他以前其實是我們的同事嗎？」

好了，現在我不僅知道自己是火星人，而且還是神仙。

我一時無法接受事實，腦中充滿問號，直到一陣熟悉的大聲嚷嚷打斷我的思緒。

「喂！你們是誰？爲什麼要抓本少爺？綁架我也沒用，我身上一毛零用錢都沒有！」

這個聲音……是富好。

富好是無司管轄區的一個不良少年NPC，以前總是不務正業，不肯好好做NPC應盡的義務帶領玩家闖關，讓他的父母操碎了心。由於富父母怕他因此被系統視爲不良NPC而慘遭刪除，不得已請無司管束。

無司不愧是NPC警署第一人，不只把富好管教得服服貼貼，現在甚至徹底反過來。不用無司無時無刻盯著富好，只要無司走到哪，富好就會跟到哪，儼然變成認定母親的小鴨。

神仙們……前同事們抓著富好裝上線路，很快跑出許多數據，確實與我的數值極為相似，體內的質量也沒有太大不同。

我沒有比其他NPC多一個器官或者其他東西，例如多一個胃，多一個味覺之類的……我的心裡不知道是感到安心還是覺得可惜。

245號工程師說：「富好是土生土長的元老級NPC，沒道理和後來才突變的小北的數據一樣啊……」

什麼突變？說得那麼難聽，我會以為自己不只是外星人，還是長得比較可怕的那種異形，這樣我照鏡子豈不是都會被自己嚇到。

32號工程師：「我有一個假設，我們人類和NPC之所以如此相似，有沒有可能是因為遊戲世界已經自成一個宇宙，擁有自己的基因和質量配置？乍看這些NPC是由我們設計而誕生，但其實我們可能只是輸入一串數據，真正讓他們產生生命的是系統，系統生成和人類相似的基因。所以這些NPC的身體數值才會和我們人類極為相似，不只擁有自己的想法，還有喜怒哀樂……」

站在32號工程師身旁始終沒開口的19號工程師冷不防說：「也有可能我們人類和NPC一樣，都是生活在另一夥人創造出來的遊戲世界中的NPC啊。」

所有人頓時沉默，不寒而慄。

這時有工程師來通報已經審訊完唐禿，龍總要我到辦公室一趟。

我突然發現一件事，昨天我還是一個普通的NPC，龍總是我的客戶、衣食父母，而今天，我忽然變成遊戲世界裡的神仙，龍總還是我的老闆、我爸爸！

我來到原本屬於唐禿的辦公室，推門而入，龍總坐在唐禿的辦公椅上，翹著二郎腿，手裡把玩著一張晶片。

能把晶片玩得像黑卡一樣有氣勢的人，非這位總裁大人莫屬了。

龍棠廢話不多，開門見山道：「我要帶你離開這裡。」

我不想移民火星，謝謝。

「你們說我其實是外面世界的人？卻沒有任何證據可以證明這件事，我怎麼能隨便就跟你們走？」

龍棠沉吟一會，「你喜歡吃草莓蛋糕對吧？」

「對啊，誰不喜歡？」

「它跟一般蛋糕哪裡不一樣？」

「你傻嗎？草莓蛋糕是草莓口味，怎麼會和一般蛋糕一樣？」

「這就對了。」

嗯？我說了什麼嗎？

「你所有的數值中，只有一點和NPC不同，這就是決定你是人類的最重要原因。」

「什麼？」

「嗅覺。NPC在品嚐食物的時候，只能用味覺分辨出酸甜苦辣，所以對NPC而言，所有莓果蛋糕吃起來都是酸甜口味，沒有區別。」龍棠頓了頓，「如果你是NPC，怎麼會說出你喜歡『草莓』口味？」

我再次體認到，不能跟理科生吵架，對方的話自己都聽不懂，怎麼吵得贏。

「還有其他問題嗎？」龍棠雙手交疊，閒適地放在雙膝上。

儘管他看起來面色不彰，但我覺得他心裡肯定是勢在必得的模樣。

想到這裡我就來氣，巴不得衝上去咬他一口，再大喊不好吃！

當我想付諸行動時，辦公室的門突然開了。

「抱歉，打擾你們了。」來者是無司。

無司身後還跟著富好，富好正在跟無司抱怨著爲什麼他非得來這種窮酸的地方。

我們公司已經算是整個亞虎伺服器大陸最高級的建築了，富好平常待的到底是多高級的場所？

無司表明來意：「我們警方不久前接到一起案件，希望我們能尋找失蹤人口。」

我左顧右盼，想著無司怎麼找到這裡來了，我們這邊有誰是失蹤人口嗎？

「我當時聽了案件的內容，覺得對北很有幫助，所以就來了。」

我困惑，「跟我有什麼關係？」

無司無奈道：「你又失憶了。」

「什麼嘛，我們領隊NPC失憶很常見啊，又不是第一次了，以前也沒聽你這麼鄭重其事。」

無司搖了搖頭，「在說明之前，北，我得先跟你說聲抱歉。從上個月開始，上級就要求我監控你的手機，由於你涉及多起玩家謀殺案，我們才不得不這麼做。」

什麼？謀殺案？我只是普通小老百姓啊。

我雖然錯愕，卻沒有生氣，因為警察NPC的職權很大，是遊戲裡最公平正義的象徵。我們都對警察NPC極為信任，所以我想無司說要監控我的手機，自然有他必須這麼做的道理。

無司從包包裡拿出一疊相片，遞了過來，「這是我不久前從你手機裡洗出來的東西。」

該不會我真的有嫌疑吧？

我接過無司給的相片一看，前幾張看起來和我手機相簿裡的差不多，我隨意翻閱著。越看到後頭越覺得奇怪，竟然接連好幾張都是我沒見過的相片，唯一的共同點是——裡頭都有龍棠。

龍棠背對著畫面，站在冰淇淋攤販前。

龍棠站在橋上，四周都是嘉年華會活動時撒下的紙花，他側著臉隨意地看向鏡頭。

龍棠坐在我家的沙發上，頭上還綁著我最喜歡的兔子髮圈。

不可能，我怎麼可能私底下和玩家這麼親密！更別說是讓玩家知道我家住在哪裡！

這到底是怎麼回事？

無司望著我震驚不已的表情，說道：「我知道你和龍棠的關係不一般。當時我想，就算你未來失去記憶，這些照片或許能派上用場，就像我之前說的，我希望你能回去。」

無司說的，難道是回去現實世界？

所以，我眞的是現實世界的神仙？

富好忽然拉住無司的胳臂，生氣得像隻炸毛的倉鼠，「喂！這難道不算破壞規定嗎？你爲什麼要爲他這麼做啊？你不是一天到晚都說要守規矩的嗎？」

聽富好這麼一說，我才意識到事情的嚴重性，無司這麼做雖然沒有明確違反系統規定，但確實屬於模糊地帶。

警察NPC若是被系統判定違規，不只會被剝奪職位，甚至可能立刻被消滅，規矩比普通NPC還要嚴格許多。

無司喊了富好的名字，示意他安靜。

富好癟了癟嘴，難得沒有聽話，大聲反駁道：「我說的是事實啊！憑什麼他可以心安理得享受你的幫助？如果他眞的拍拍屁股回去現實世界，你的安全誰來管？哼，我才不相信他眞的是什麼『神仙』，他能保證未來他不會危害到你嗎？」

「富好！」無司的語氣變得嚴厲。

富好聞言才閉上嘴，一臉不甘心。

龍棠走向前，拍了拍無司的肩，「謝了。」

無司微笑。

我猶豫一會，「無司，你這麼做沒關係嗎？這樣難道不算破壞規定……」

其實富好說得沒錯，無司不應該這麼做。尤其他又有著鐵面無私的性格，我從沒見過他做出這種屬於灰色地帶的舉動。

無司搖了搖頭，「北，這麼做不完全是爲了你。」

我有些訝然。

無司繼續道：「最近，我有時會思考，系統決定的公平，是否就是眞正的公平？NPC必須保持的守序善良，是絕對的平衡，還是一種失衡？黑色軍團的出現讓我意識到，或許這個世界本來就該存在黑暗面。沒有任何一種規定能夠代表公平，打從訂下了規定的同時，就已經是主觀的存在。」

無司說的話我聽得一知半解，可他神情裡透露出的認真，卻讓我無法反駁。

我翻到後面幾張相片，發現是我跟龍棠的合照，照片裡的我笑得非常開心，這足以證明我原本認爲不可能的那些事都是眞的，我和龍棠確實曾經熟識。但是，這些證明非但沒讓我安心，反而讓我更加恐慌。

因爲我一點都不記得了。

無司轉頭對龍棠說：「你應該告訴他眞相，我知道你怕他害怕，可他有權利知道一切。」

龍棠深深看了我一眼，「如果想不起來，就不需要知道。」

結合他們的對話，我忽然想起之前姓葉的測試員對我說的話。

「假設……我是說『假設』喔，你其實是個玩家，但被困在遊戲裡出不去，甚至失憶了，還以爲自己是NPC！雖然日子看起來過得不錯，卻一直不知道自己的眞實身世……你希望知道眞相嗎？」

這一刻，我忽然明白，龍棠一直表現得神神祕祕的原因。

所有人都想告訴我眞相，只有龍棠明白，我會害怕。所以，他明明是最希望我想起過往的人，卻又是最不願讓我知道的人。

我沒來由地鼓起勇氣，「不，還是告訴我眞相吧！都知道一半了，這樣不上不下的反而更難受，不如全部告訴我。」

他們的表情有些意外，畢竟我明明是多一事不如少一事的人。而且我被系統刪除過那麼多次記憶，從沒有一次想找回，現在卻主動說想了解。

龍棠對上我的眼睛，安靜一會，忽然開口：「要吃草莓冰淇淋嗎？」

「好呀！」

龍棠隨手撥了通電話，讓其他測試員帶我去吃冰淇淋。

我本來還很開心，突然發現不對。

等一下，我這是被敷衍了嗎？！

「喂！你別想轉移話題，快點告訴我！」我拉住龍棠的手臂不肯走。

龍棠甩開我的手，「放手。」

我緊緊地抓住，「不放！」

龍棠停止拉拉扯扯，垂眸看我，「你眞的想知道？」

我堅決地點頭。

「就算知道了也不會又哭又鬧，吵著現在就要去現實世界吃火鍋？」

「呃……」火鍋耶。

龍棠眉毛一挑，我忍住口水，拚命點頭，「我、我知道了！我不會吵的！」

龍棠看我神態堅定，這才說起這段讓我瞠目結舌的過去。

我曾經是「指北針遊戲公司」的測試員，而這款遊戲名爲「虛擬大陸」。

在我生日那天，龍棠爲了慶祝我生日，在遊戲裡創建一個和我長得一模一樣的限定角色NPC，並邀請我第一個試玩，想給我驚喜……

「等等！抱歉，讓我插個話！」我聽到這裡，忍不住插嘴。

龍棠瞟向我。

「我有個問題，我不是只是你的員工嗎？你一個大老闆爲了幫我慶生就直接創建一個角色？我們該不會有什麼特殊的……」我神情驚恐。

不要怪我多想！我在搞GAY遊戲待這麼久了，會這麼想也是理所當然！

龍棠注視著我，久久沒有說話，看得我心驚膽顫。

不、不會吧，我還沒準備好接受自己其實是神仙，馬上又得知自己有一個同性伴侶……不對，對方是我老闆，難道其實不是同性伴侶，是職場潛規則的關係？！

龍棠彈了下我的腦袋，我痛呼出聲。

「你想到哪裡去了？我們是同學，也是室友。」

原來啊！

我想想又覺得不對。

爲什麼我們明明是同學，一個是大老闆，另一個只是小員工？

在我還在糾結資本主義的問題時，龍棠繼續述說那段過往。

那天，我進入古狗伺服器後，便與測試組斷了聯繫，成了植物人。

也是從那時候開始，頻頻傳出玩家發生意外、遊戲出現BUG的消息。

龍棠知道或許這個BUG與我的失蹤有關，爲了查明眞相，他也進入遊戲世界。

兩年來，龍棠始終沒有放棄尋找我，他跑遍了古狗伺服器，玩遍了上千上百條支線任務，就是找不到人。

直到他轉而來到亞虎伺服器，才終於遇見我。

一開始龍棠不能確定我是眞人還是他創造的角色。畢竟我看起來就是一個NPC，且沒有任何一點眞人記憶，加上這個NPC本身就是爲我而創，外貌和性格幾乎與我相同。

此外，當時各個伺服器大陸的人都在謠傳，黑色軍團會謀殺玩家並竊取玩家的身分。龍棠甚至懷疑我是黑色軍團的人，盜用了「林北北」的身分。

導致龍棠一開始看見我時毫無反應，還有些戒備。

在教堂的時候，龍棠受魅惑術影響，長年累積的情緒爆發，一方面憤怒我爲何不記得他，一方面質疑眼前的我是不是殺了「林北北」的NPC。

這時，我斥責了他怎麼能責怪毫無記憶的自己，龍棠這才清醒，問了我一個問題。

「一千萬和草莓蛋糕你選哪一個？」

「一千萬能買多少個草莓蛋糕呀？」

而我的回答，和現實世界的林北北一模一樣，龍棠開始確信自己沒有找錯人，只是我失去了記憶。

後來龍棠下線後，讓工程組檢查我的數據。

他們猜測也許是角色過於相似的緣故，造成AI系統混亂，無法判斷我和新人NPC何者爲眞人，因此誤刪了我的記憶和身分，使我和新人NPC融合爲一體，成爲一個擁有玩家能力的特殊NPC。

我聽完龍棠的敘述，才完全明白事情的始末。

雖然我依然難以置信自己身上竟然發生如此離奇的事情。因爲在我的記憶裡面，我不過就是一個普通的NPC，每天吃喝拉撒、上網追劇，一個禮拜有七天不想面對星期一。

然而在龍棠鉅細靡遺的描述中、語氣透露出的溫柔、眼神裡的一絲期望，讓我忽然明白，另一個「我」也是一個有血有肉的人，是個眞實且不可否認的存在。

我默默無語，龍棠見我沒說半句話，眼神中那一點希望漸漸暗去。

無司說：「關於如何讓北回去原本的世界，我有一個想法……」

富好插話道：「等等，就算他真的是『神仙』好了，都已經變成NPC了還可以回去？！」

無司絲毫不介意被打斷，點了點頭，繼續道：「據說遊戲中被刪除的資料都會留在記憶體之海。只要找到記憶體之海，或許就能找回北被系統刪除的玩家身分。」

「啊？記憶體之海不是傳說嗎？哈哈，無司，你居然相信這種騙小孩的故事？」

無司看向龍棠，「你看起來沒有很驚訝，想必你早就想過這個可能性了吧。」

龍棠沒有答腔，富好差點笑出來，「不是吧？你們兩個大男人都相信這種童話故事？我從五歲以後就沒聽媽媽說過了！」

我心想，富好說得對，記憶體之海只是我們的民間傳說，從沒有人眞正把它當一回事。大人甚至時常會跟小孩開玩笑，說他其實不是親生的，是從記憶體之海撿回來的。

現在，你們卻跟我說，我眞的是從記憶體之海撿回來的？

「我認爲，唐理事跌落山谷的時候，可能已經死了。」

無司說的話震驚了龍棠以外的所有人。

富好驚恐道：「死了？所以我們看到的是鬼嗎？我剛剛還故意對他扮鬼臉！他會不會半夜來找我？」

我身爲一個邏輯腦忍不住回答：「不會，如果他眞的是鬼，你對他扮鬼臉，他會覺得你在跟他打招呼。」

「喔，這樣啊，那我就放心了。」

「你們都不用擔心，他並不是鬼。他跌落山谷以後，到的那片海域，應該就是記憶體之海，也就是我們認知的地獄或者天堂。」無司思考一會，又道：「照理來說，除了某些有過瀕死體驗的特殊案例，到了記憶體之海的靈魂應該都離不開……大概是因爲北的關係，他才能夠離開，等同於死而復生。」

「無司說得沒錯。」龍棠開口：「你們所謂的記憶體之海，就是我們的垃圾桶。爲確保不會誤刪重要數據，系統被設定無法根除所有資料，所以被刪除的NPC都存放在那裡。」

我有些無語，「……你這樣把我們NPC的靈魂都說成是垃圾好嗎？」

龍棠頓了頓，似乎難得苦惱，思考著該如何措辭，「用一般人能夠理解的說法，就是……電腦裡的資源回收桶。」

變成資源回收桶沒有比較好好嗎？只是聽起來比較環保。

無司問：「龍總，你們知道記憶體之海的位置嗎？」

龍棠搖頭，「那個地方並不是我們創造的，而是系統生成以後自然產生的安全區，不管人工或者AI都不能觸及。」

就連身爲大老闆的龍棠都不知道的地方，誰能找到？

無司陷入思索，喃喃道：「這就麻煩了……只有死亡才能到達的地方……」

「還有一個方法。」

龍棠說的話引起所有人的注意。

「不只是記憶體之海，我當初進入遊戲遊歷，發現遊戲裡有很多我們不曾規畫的地方，而這些地方都屬於系統自然而然產生的。AI不只是數據，已經是一種生命，生命有無限種變化，會研發出不同的世界。所以，記憶體之海很可能就在那些不曾有人踏足，且沒有任何NPC居住的偏僻地區。」

龍棠在說這些話時，聽起來像是平靜地陳述事實，但在他冰冷的外表下，我意外能感受到他對遊戲的熱忱，以及他對於遊戲的變化感到喜悅。此外，他不曾把這裡當作他的所有物，而是把它當作一個新的生命。

也對，身爲遊戲的大老闆，他怎麼可能不愛自己的遊戲。

我忽然明白爲什麼龍棠明明身爲創造者，卻總是自然地和NPC相處。或許，人類和NPC眞的沒有差別，只是居住地點不同罷了。

龍棠說道：「我會去尋找記憶體之海，畢竟，不只是林北北，我也得給玩家一個交代。」

我聽說黑色軍團已經導致許多玩家腦部癱瘓，他們曾經試圖關閉伺服器，卻無法執行，甚至拔除公司的總電源，系統依然沒有停止運行。

就如龍棠所說，這裡已經是一個新的世界，不受外力干擾。

面對玩家不斷出事，龍棠的心理壓力難以想像，他之所以那麼執著找出BUG，不光是爲了找「我」，也是爲了找回那些玩家吧。

無司附和龍棠：「我也去，我有個案子跟記憶體之海有關，應該能協助你。」

「我！我也要去！」富好舉手自薦。

「不行。」無司說。

「爲什麼？」

「你不是說那是童話故事嗎？你現在相信了？」

「呃……反正，不管怎樣，我就是要去！」

「不行，你在這裡，顧好北。」

你確定是他顧我，不是我顧他？看富好像個孩子似的吵吵鬧鬧，我不禁無奈地想。

我開口：「可是我也要去耶，那怎麼辦？」

所有人的目光聚集在我身上，連龍棠都難掩訝異。

因爲從剛才我就一直表現得興趣缺缺，對於找出自己的身世毫無想法，還表現得有些害怕，此刻我卻突然主動說要去尋找記憶。

龍棠朝我跨出一步，彼此距離瞬間靠近，他由上而下垂眸看我，像是在探究我眼神裡的眞心誠意，「爲什麼？你不是害怕嗎？不是覺得忘了也無所謂嗎？」

怎麼覺得他說話的語氣很像怨夫……

我抬頭仰視龍棠的雙眼。

「我的確覺得，你們說的那個『北北』就像一個與我無關的人。」在龍棠面露失望以前，我又道：「但就是因爲這樣，我更覺得自己沒有權利替『他』決定生活在哪裡。只要找回記憶，我就能知道，自己想活在哪裡。」

是龍棠讓我知道，曾經的我有過那樣豐富的人生，有過珍視的人，也是他讓我知道，離開並不可怕，只是換個地址而已。

我要找回記憶，問問自己內心眞實的想法，再做出決定。

龍棠眼瞳一顫，明顯受到撼動，他抬起我的下巴，金色的眼眸望進我的眼裡，「你確定？」

我用力點頭，堅定地說：「你們現實世界有那麼多好吃的，如果另一個『我』再也回不去那個世界，他會有多傷心啊！想想就心疼！做人可不能沒有同理心！」

龍棠鬆開我，看我的眼神充滿無語。

「既然北也要去的話，那我就直說了。」無司從隨身包裡拿出一卷地圖，「你們應該都知道那個著名的案件——」

多年以前，曾經有個領隊NPC和玩家私交甚篤，我們都簡稱他爲A玩家。領隊NPC不只工作上和A玩家處得熱絡，下班後還邀請A玩家留宿。後來兩人因爲各種原因鬧不合，甚至大打出手，最後A玩家退出遊戲，向遊戲公司控訴該名NPC有攻擊傾向，要求隔離該NPC。

公司查實該NPC有傷害玩家之實，最終刪除了那名領隊NPC。

無司說道：「我要做的，就是到記憶體之海，找回這名被刪除的NPC。」

想不到竟然是這個案件！就是這個案件讓我們NPC不敢深入接觸玩家。

我驚訝道：「可是這個案件不是已經過了很久了嗎？我做領隊NPC之前就已經聽說了，怎麼現在才有人報案？是那個NPC的家屬嗎？」

無司搖頭，「不是，報案的人就是那個A玩家。」

「什麼？！」

「或許他們之間還有什麼糾葛，詳情我也不清楚。這是高層派下的案子，事實上我原本負責的是另一個案件，這屬於案外案。」

我頭都要被繞暈了，「你原本負責什麼案件？」

「據傳聞，在領隊NPC被刪除後，A玩家曾經進入遊戲，那是最後一次有人看見他的身影。」

「他後來就不玩了？很正常啊，哼，最好都別再回來了！」我們對於這種奧客敬謝不敏，從那個案件以後，A玩家就成了全民公敵。

無司卻搖頭，「不是，是他再也沒離開遊戲，沒人知道他在哪裡。」

「什麼？」

「我們一開始以爲，他是在遊戲中遭到激進派NPC攻擊，卻始終沒有找到他的下落——直到最近，他出現了。A玩家主動聯繫高層，說自己要報案，他表示，他找到被刪除的NPC都在哪裡，請我們協助尋找。」

我愣了愣，「難道……」

無司點頭，證實了我的想法，「對，他找到記憶體之海了。」

我們一行人驚呼道：「在哪裡？」

「十三層血色墓谷。」

第四章 地獄

十三層血色墓谷位在遊戲大陸地圖最邊緣的西北方，整座山谷分成十三層，每一層都是遊戲裡被淘汰的地獄級關卡，有些是太困難，有些是太嚇人，有些是曾經出過人命……總之不宜玩家來訪。

以前還有一些不怕死的NPC試圖挑戰，可沒有任何NPC成功歸來。政府甚至為此特別增設一條法律，嚴格禁止生人闖入此地，否則將終身褫奪公權。

十三層血色墓谷漸漸成了禁忌之地，再也沒人敢貿然侵犯。

另外，十三層血色墓谷環境惡劣，長年都處於極端氣候，然而周圍的平原卻四季如春，旁邊甚至還有一座小村莊。村莊的旁邊便是大峽谷，峽谷底下深不見底，隱約傳來轟隆隆的雷雨聲，看起來危機重重。

A玩家稱，傳說中的記憶體之海就在十三層中的其中一層。

於是，我們一行人來到了十三層血色墓谷。

我們的裝備很簡單，人手一隻無司特別向高層申請的警察NPC手錶。這隻手錶擁有最高權限和最頂級的功能，除了能追蹤隊友的GPS以外，在危急時刻甚至能在脈搏注射營養液和藥劑等等，可以說是比傳說級武器更讓人嚮往的裝備。

我除了手錶以外，只背著小糖，雖然不情願帶它出來冒險，怕它受傷，但我們是出生入死的好夥伴，無論如何都缺一不可。

龍棠的裝備更簡單，他只戴了錶和一部手機。

無司則是扛了好幾袋米，第一次看到他爲了糧食做出如此充足的準備，讓我十分感動。

富好背了一個巨大的背包，足足有半個人高，看起來像是睡袋。我懷疑他不知道我們是來賭命，而是來露營的。

墓谷的周圍是一望無際的平原，如傳說中一樣氣候宜人，雖然花草生長得不多，但能見到零星幾座農田，代表至少可以耕種。

據說十三層血色墓谷就位於平原的某一處。龍棠原本想利用瞬間移動尋找，卻發現特殊能力在這塊土地上無法使用，或許是因為這裡並不在遊戲提供玩家使用的地圖範圍內。

農田邊可見幾個茅草屋，零零散散地湊合成村莊。

我們向村莊的人打探消息，村裡的人見到我們很意外，畢竟自從多年以前政府新增法律以後，幾乎不曾見到外地人來訪，更別說嘗試進入墓谷。

「要不是系統設置這裡就該有個村莊，政府不讓我們搬遷，不然誰想住在這裡！」村民們扔下釘耙，憤慨道：「警察大哥，就不能幫我們投訴一下嗎？」

「對啊、對啊！我們過得多苦啊！」

被村民圍繞的無司愛莫能助，只能盡力安撫，並把手上的米袋一一分配給他們。

原來那些米不是要給我們吃的啊！我還想說他怎麼不煮熟了再帶過來，可惡，害我剛才還偷偷用龍棠的手機查如何鑽木取火呢……

村民們收到米袋，憤怒卻沒有得到緩解。

「米我們自己種就有了啊！還嫌我們米不夠多嗎？」

「對啊、對啊！我們過得多苦啊！」

無司禮貌地點頭，收下所有指責，然後表示：「您們說的我都明白，剛才那些只是我們來訪的伴手禮，這些才是補償。」

他轉頭向富好示意，富好見狀立刻跑過來，放下背包。

原來那個背包不是睡袋啊……

富好從裡面拿出好幾臺筆記型電腦、藍牙耳機和手機……數量多得能疊成一座小山丘。

村民們頓時眼睛亮了，「好！這個好！」

「對啊、對啊！我們過得……多好啊！」

他們個個抱著價格不菲的電子產品，氣氛和樂融融。

不得不說，不愧是無司，準備得實在周到。

「你們要去墓谷那邊是吧？離這不遠，沿著外面被踏平的雜草路走到底，看見一棵大樹往左前方走，一直往黑黑的地方走到底就是了！不過還是別去了吧？我們眞的沒見過有人回來！」

「也不是沒人吧？不是有那個瘋子嗎？」

「喔！對啊！你沒說我都忘了！」

其中一個村民對我們說：「其實平常就連我們自己人都不會去那個地方。有一次有人不小心迷路走到那裡，他說他看見一個瘋子，居然用繩子徒手攀岩想進去那個墓谷！因為太驚人了，我們都跑過去看，還真的看到他每天都在嘗試進入墓谷，但連第二層都到不了，好幾次差點摔死，不過他最後總是逃過一劫，眞是命大啊。」

聽完村民的指路，我們便動身前往十三層血色墓谷。

我一路上思考著村民說的話，照他們的說法，要進入墓谷沒有其他方法，只能一層層闖關。

只有通過關卡，才能得到前進下個關卡的路，不然就會像那個他們口中的瘋子一樣，試圖用繩索垂降跳過關卡，然而這個方法明顯行不通。

可那十三層關卡都是地獄等級的險惡，根本不可能一一突破，更別提我們根本不知道記憶體之海究竟在第幾層，搞不好根本就不在這裡……

「我有個建議。」我拉了拉龍棠的衣襬，他略微彎腰，「你不是大老闆嗎？你打電話給你們公司，讓他們在墓谷裝個電梯吧。」

龍棠默默直起身，裝作沒聽見我說的話。

很快，我們到了懸崖邊。

抬頭明明是風和日麗的景象，往谷底下看，卻只有無邊無際的黑暗，偶爾會有劈哩啪啦的閃電，一瞬間照亮墓谷的邊緣。

我隱約看見一塊突起的圓角，原本以爲是個大岩石，仔細一看，發現那是一隻巨大怪物的眼睛。

我嚇得大叫，趕緊躲到龍棠身後。

我原以爲怪物會爬上來，但遲遲沒有聽到動靜，牠彷彿石化的雕像般。

龍棠說：「進入該層關卡可能才會觸發。」

我心想，那個怪物光是眼睛就足足是一個成年人的大小，本體該有多龐大可怕呀！

我們心裡隱隱都覺得不妙，龍棠卻說自己要一個人下去查探。

他說，只有他可以聯繫公司協助修改系統，而且只有他是玩家，大不了就死去重來。

無司不認同，「萬一你死後北的記憶又消失了呢？」

龍棠說：「他們改過我身上的程式，我死後遊戲不會重來。況且，就算他眞的忘了……我照樣會回來，什麼都不會變。」

我餘悸猶存，發抖著身體看向一片漆黑的墓谷。

然而，不管怎麼說，我都不能讓龍棠爲我送死，這樣我一輩子都會良心不安。

尤其龍棠現在是我的玩家，我的職責就是帶領玩家，不能讓他輕易死去。這個遊戲眞實性很高，瀕死體驗肯定很痛苦，我不可能親眼看著玩家在我面前喪失性命。

我深吸一口氣，咬緊牙關，甩了甩頭，「不行！既然都來到這裡，我也要下去！」

龍棠一臉不容商量的模樣，依舊討厭到讓我想咬他一口。

我堅持道：「你不是也說了嗎？十三層血色墓谷並不是玩家能夠活動的遊戲地圖，就算你們想修改系統也未必能起效用，這是系統的灰色地帶，你能保證在這邊出事一定能復活嗎？」

「你說得對。」龍棠往後退一步，「所以，如果眞的發生意外，我們之中只能有一個出事，那就是我。」

說完，龍棠站在懸崖邊緣，距離谷底只差一步。

這一刻，我忽然覺得這一幕似曾相識，不自覺伸手想拉住他，甚至脫口而出：「別跳！」

龍棠搖頭，「我保證不會有事，在這裡等我。」

我左右為難，最後只好屈服地點頭。

龍棠跳下去了。

無司按住我的肩，「別擔心，等等我也會跟著進去……」

我立刻抬頭，表情絲毫沒有半點猶豫，「嗯！我也是這麼想的，我們一起進去吧！」

「你……剛才不是答應他？」

「當然是裝的呀，我哪敢忤逆他。」

無司啞口，微微挑眉，像是在說：難道你這麼做就不是在忤逆他？

我吐了吐舌，嘻嘻一笑。

我跟無司正琢磨著如何跟蹤龍棠，富好在旁邊一蹦一跳，拚命想參與我們的話題。

無司擋住他的視線，富好氣呼呼地說：「爲什麼不讓我聽！我也要去！」

「這件事與你無關。」

「跟你有關的事就跟我有關！」

「你執意要去，是因爲好奇心還是想找刺激？」

無司的臉色頭一次如此深沉，就連我都被他嚇了一跳，向來對他言聽計從的富好更是瑟瑟發抖。

不過發抖歸發抖，富好仍像一隻被激怒的貴賓狗，嗷嗷直叫：「你、你怎麼這樣說！我只是想幫忙……」

無司冷酷地拒絕：「你很清楚自己的等級，你能幫上什麼忙？又怎麼能保證自己不扯後腿？」

「你說什麼！我、我雖然只有十六等，但是我……我……」富好氣得臉紅脖子粗，想出聲反駁，可又想不到自己有任何長處，最後負氣之下扔出一句「我討厭你」便轉頭跑了。

我本來想追，卻被無司拉住。

我回頭看無司，「這樣好嗎？」

我同情被說得一無是處的富好，然而事實上，他的角色定位就是年輕的富家子，生命值和力量等等數值甚至比我這個非戰鬥型NPC還要低。若是進入十三層血色墓谷，他幾乎沒有生還的可能。

我能理解無司爲什麼這麼做，隱隱又認爲不該這麼做。

畢竟，無司並不能確定自己還能回來，現在的每一眼都可能是此生的最後一眼。

無司看著富好離墓谷越來越遠，而後收起冷酷的表情，說道：「這樣就好。」

無司帶著我跳進墓谷，當我們一躍而下時，場景冷不防出現雜訊，伴隨著詭異的遊戲背景音樂，四周的溫度突然急遽升高。

好熱……不對，是非常熱！

滾燙的空氣讓我不禁驚呼出聲，下一秒，身上的衣服自動換成隔離裝備，頭上罩著氧氣罩，隔絕了所有熱源。

我低頭一看，我們正踩在岩漿之中。

無司在一旁開口：「高層有預料到墓谷氣候古怪，很可能出現極冷或極熱的環境，所以已經提前請科學家在手錶加裝溫度感應器，我們身上的裝備會隨著周圍溫度變換。」

我看著手錶嘖嘖稱奇，這隻手錶果然不同凡響。

我仰頭望向上方，發現視線上半部是普通的岩壁和晴朗無雲的藍天，而下半部則是乾枯赤紅的裂壁和煙霧瀰漫的岩漿，感覺相當詭異。

我從沒見過這個岩漿關卡，無司卻說很多年以前他曾經看過，關卡名稱叫作「地獄岩漿」。當時上架沒多久就被官方刪除，因爲許多玩家表示，根本還沒看到BOSS就先被燙死了。

無司描述的畫面莫名讓我想到清蒸螃蟹，一時之間不知道該害怕還是該肚子餓。

我們開啓手錶的追蹤功能，發現代表著龍棠的紅點就在前方，似乎已經走了很長一段距離，他的移動速度很快，無司便帶著我飛速跟上。

原本以爲我們應該很難追上，但龍棠走到一半卻忽然停下。

不久後，我們就看見龍棠的背影，便立刻躲在岩石後方，無司以爲龍棠是因爲察覺到我們才停下來，沒想到龍棠的視線卻瞟向右上方⋯⋯

「喂喂！兄弟！別看了，幫個忙啊！」

只見墓谷上方垂下一條繩索，上頭掛著一個鬼鬼祟祟的玩家。那名玩家正在用攀岩的方式從墓谷上方進入第一層關卡，但他的腳一碰上地獄岩漿的岩壁便被燙得縮回去，於是掛在半空中遲遲無法下來。

龍棠收回視線，轉頭就要走。

玩家趕緊喊住他：「兄弟！別走啊！」

龍棠側頭，一臉「你誰」的樣子，連話都懶得說。

玩家著急道：「你也是為了找記憶體之海才進來的吧？我能夠幫助你！」

龍棠終於駐足，挑了挑眉毛，示意他繼續說下去。

玩家露出微笑，「沒錯，我知道記憶體之海在哪裡，因為……消息就是我放出去的。算一算也過去五天了，我知道肯定會有人聽見風聲來到這裡。」

他就是那個傳聞中的A玩家！

我驚訝地差點喊出聲，幸好及時被無司摀住嘴。

A玩家對龍棠說：「你一個人肯定到不了，快來幫我一把，把裝備分給我，我就帶你一起去！」

龍棠：「這就是你把記憶體之海的消息放出去的目的？」

A玩家：「別這麼說，這是雙贏，我們互相幫助，彼此都能達成目的。」

龍棠：「你很弱，我不需要你。」

見龍棠又要走，A玩家喊道：「我知道你是誰，你是龍總！我聽過你的事蹟！當年，我在遊戲地圖到處找記憶體之海時，聽別人說你花了整整兩年的時間翻遍整個古狗伺服器，也是爲了找一個NPC。」

龍棠沒有回話，A玩家宛如陷入回憶，眼神漸漸布滿悔恨，悲傷地說：「你應該能懂我的心情吧？我不是眞心想害死他，我根本沒想到事情會變成這樣……」

A玩家開始說起自己那段過去。

原來一切源自於嫉妒。

當年，A玩家與領隊NPC一見如故，歷經共同冒險之後更是情同手足。

在闖關的過程中，領隊NPC告訴他，自己是家中獨子，一直渴望有個兄弟，A玩家的出現填補了這個缺憾。兩人甚至做了婚姻綁定，他們要成爲一輩子的兄弟。

直到後來，他開始接觸領隊NPC私下的生活，才發現領隊NPC和他想像得截然不同。

領隊NPC人緣極佳，除了他以外，還有好幾個稱兄道弟的對象。儘管領隊NPC十分熱情地對待他，甚至帶他回家，這根刺依然在他心裡。

他認爲領隊NPC跟他只是逢場作戲，覺得受到背叛。

兩人開始不斷爭吵，而眞正的引爆點，是在他發現那個眞相以後——領隊NPC在其他伺服器大陸，有一個眞正的親弟弟。

他憤怒地質問領隊NPC，領隊NPC回答：「我在關卡對你說的話，都是遊戲劇本的臺詞，那是我的職責！」

這句話證實了他心中一直以來的猜測，「你果然從頭到尾都在騙我！」

「騙你？我哪裡騙你了？我以爲你知道那就是遊戲！私底下我確實把你當兄弟，你難道感受不到嗎？」

「兄弟、兄弟、兄弟，你對誰都這麼說，誰知道是眞心還是假意！」他憤怒之下忍不住動了手，原本只是想推對方一把，沒想到把人推倒在地。

領隊NPC也被激怒了，站起來反擊，兩人拳腳相向。

後來A玩家退出遊戲，越想越憤怒，他想要領隊NPC被孤立，因此寫信給客服，謊稱「該名領隊NPC有暴力傾向」。他想，如果讓其他NPC知道這個消息，他們肯定不敢再和領隊NPC來往——但他沒想到，遊戲公司會直接刪除領隊NPC。

當他看到遊戲公司發出的公告時，一切都來不及了。

他再次登入遊戲，發現再也找不到該名領隊NPC，其他NPC也對他避之唯恐不及，只有領隊NPC的死黨們不顧眾人反對來怒罵他，甚至想毆打他。

其他NPC擔心他們也被刪除，所以一直勸阻他們不要招惹他。

A玩家很後悔，非常後悔，他不停寫信給公司，得到的答案都是——資料一旦刪除就無法恢復。

他不相信，他知道領隊NPC一定還在遊戲裡，所以他再也沒離開遊戲，沒日沒夜不斷在各個伺服器大陸尋找線索。

地圖這麼大，肯定還有他沒找過的地方。

直到某一天，他聽說了記憶體之海。

又過了很久以後的某一天，他在尋找過程中不慎失足，彌留之際，他看見了記憶體之海。

記憶體之海的邊緣，有個熟悉的陡坡，像是十三層血色墓谷。

A玩家說完這段往事，神色悲痛，就像在對神父懺悔。

我聽完A玩家的故事，心裡想：活該。

先動手的是你，謊報的是你，後悔的也是你，有人顧慮過那個NPC的感受嗎？還有，你沒發現龍姓玩家已經走掉了嗎？

A玩家後知後覺地發現龍棠已經走遠，不死心地在後面喊道：「你怎麼這麼冷血？你應該跟我有相同的感受才對！」

龍棠冷冷地開口，這是他對於A玩家所經歷的過去的唯一一個評價：「別把我跟你相提並論，你不配。」

A玩家怔住，沒再說話。

龍棠走遠以後，我和無司從石頭後面走出來，無司丟給他一包裝備。

A玩家驚訝道：「你們是……」

他接過裝備，換上防護衣，才終於得以垂直落地。

無司說道：「我是警察NPC，獲報來尋找失蹤的玩家，你就是『折翼★巔峰之神』嗎？」

A玩家被喊出多年以前的中二名字，頓時滿臉羞赧，恨不得把自己埋進土裡。

「我方已給予適度的支援，此地危險，還請玩家儘速離開。」無司公事公辦地道。

「咦？你們不是來幫我的嗎？」

「抱歉，此地不屬於警察NPC的管轄範圍，另外，警察NPC的職責不包含帶領玩家體驗遊戲。」

說得好！我默默在心裡給無司點讚。

無司說完，我們頭也不回地離開。

沒多久，我便發現身後有個鬼鬼祟祟的身影——A玩家默默跟在我們後頭。

我們跟蹤龍棠，他跟蹤我們，這隊伍越來越長了啊！

龍棠找到了第一層關卡的大魔王，是棲身在火山口的岩漿怪物。

他全身長滿深色的石塊，整個身體沐浴在岩漿之中，只露出頭部。

「嘻嘻……歡迎來到地獄岩漿，在下熔岩魔王，好久沒有看到新鮮的玩家了……」熔岩魔王每說一句話，口中和眼中便會噴出岩漿。

原來這一整片土地上所有的岩漿都來自於他！他的身體已經和這片土地融爲一體！

龍棠再怎麼強，也不可能殺死這片土地。

「你的刀，看起來不錯啊，那是龍脊刃吧？不過，就算你能把土地劈成兩半，也殺不死我……因爲岩漿也是我的一部分，你要怎麼砍斷岩漿？嘻嘻……」

熔岩魔王說得對，岩漿是劈不完的，我只想問，這到底是誰想出來的關卡！

面對熔岩魔王冗長的開場白，龍棠只說：「第二層關卡怎麼走？」

「嘻嘻，我爲什麼要告訴你？先打贏我再說……不，開玩笑的，就算你眞的能打贏我，我也不會告訴你。」熔岩魔王笑聲詭異，「我爲什麼得照系統給的劇本走？在這裡，系統管不了，我想怎麼做就怎麼做，我要吃了你們所有人！我最喜歡吃活生生的、新鮮的玩家了，嘻嘻……這片土地就是我的胃，凡是踏進來的人，都將成爲我的食物！」

我大驚，差點沒忍住問他：玩家有那麼好吃嗎？什麼味道！

龍棠聽完熔岩魔王的變態發言，拿起手機，說：「Jason，我們有設計過地獄岩漿這個關卡嗎？找數據，一分鐘內讓它消失。」

熔岩魔王聽傻了。

而我聽懂了。

一開始，龍棠說十三層血色墓谷並不是他們設計出的地圖，所以無法管控。可如果墓谷裡的每一層關卡都是曾經被刪除的關卡，那麼，他們只要知道是哪些關卡，就能找出當初的數據進行改動！

熔岩魔王：「新鮮又大膽的玩家啊，竟然在我熔岩魔王面前還能如此悠哉，報上名來！」

龍棠：「沒必要。」

熔岩魔王：「什麼？」

龍棠露出看著死人的眼神。

熔岩魔王瞬間被震懾，「你究竟是……」

熔岩魔王話還沒說完，頭部的岩漿逐漸變成雜訊，他露出驚恐的神色，接著變得透明，消失在眾人眼中。

周圍的場景也慢慢消失，熱氣消散，岩漿化爲烏有，取而代之的是一片荒蕪的沙漠。

遊戲提示音響起，告知玩家這一層關卡已經突破。

就這樣，我們直接進入了第二層關卡。

A玩家親眼目睹關卡消失，頓時喪失理智，甚至忘了自己正在跟蹤，激動地衝向龍棠，「你、你究竟是誰？爲什麼能讓關卡消失？！」

A玩家想抓住龍棠的手臂，龍棠側身閃開，難得開了金口，面無表情地說：「別碰我，我有老婆。」

我和無司不像A玩家那般衝動，老早就找好躲藏位置，待在沙丘後。

我小聲問無司：「他有老婆還跟我婚姻綁定是什麼意思？」

無司一臉一言難盡。

總之我們就這樣偷偷跟著龍棠通過一層又一層關卡，不管是再強大的魔王，龍棠都能從數據庫找出來並刪除。

到後來，許多關卡的魔王都不敢自爆姓名了。

可惜，即使他們不說，龍棠也能根據場景找出對應的數據。

A玩家死皮賴臉地跟著龍棠，見到一個又一個魔王消失，情緒由一開始的激動，漸漸轉爲感嘆：「這麼多年來，我連第一關都沒闖過……」

龍棠懶得搭理，視他爲隱形。

就這樣一路到了第十三層，奇怪的是，我們都沒有發現記憶體之海。

第十三層是相當普通的石子地，空間比前面所有關卡都來得小，一眼望過去就能看見四面八方的岩壁，看起來就像是普通的谷底。

再往上看，是原本澄澈的天空，不再有一分爲二的風景。

「沒有關卡了？」A玩家不敢置信地瞠大眼，眼瞳布滿血絲，「不可能！不是說有十三層嗎？一定還有關卡！」

龍棠蹲下，用手錶測試谷底的土地數值，顯示出來的資料表示，這塊土地的數值和墓谷最上層的土地數值百分之百相同。

等於應證了這塊土地和墓谷是一體的，這裡的確就是墓谷的谷底。

「不可能、不可能！一定還有其他關卡！記憶體之海一定在這裡！」A玩家抓著頭髮，不斷地來回踱步，嘴裡念念有詞。

他無法相信自己多年來的信念竟然都是一場空，記憶體之海根本不在這裡。

龍棠默不吭聲，從口袋裡掏出巧克力棒，才剛剝開包裝……

我的大腦還沒反應過來，身體已經先一步跑到龍棠面前，眼巴巴地看著他手上的食物。

龍棠垂眸看我，一句話也不說。

……完了，不小心露餡了。

無司從岩石後面現身，無奈地對龍棠說：「抱歉，我帶他來了，不過你也早就發現了吧。」

咦？龍棠早就發現了？！

我驚訝地問：「你怎麼沒罵我……」

我還以為他會生氣呢！

龍棠靜靜凝視著我好一會，才道：「把你抓回去，你還是會跑，難道我能把你關起來？」

他該不會是眞的想把我關起來吧？他的表情好認眞，好可怕……

龍棠問無司：「你對十三層血色墓谷了解多少？」

「大多只是傳聞，高層也表明他們手中的大部分資訊未經證實。」

「那關於墓谷旁邊的村莊？」

「他們屬於邊緣戶，不在我們的管轄區。」

「他們說，遊戲初始就安排他們住在這裡？」

「是的，所以即使這裡地形凶險，也無法將他們隨意遷移，萬一沒處理好可能會導致村民遭到系統刪……」

無司說到一半，忽地臉色大變。

龍棠眸色一暗，「這塊區域不屬於系統地圖，爲什麼他們會說系統安排他們住在這裡？」

龍棠說完，我才驚覺不對勁。

難道說……

忽然間，從高空墜下一個物體。

「砰！」

一具屍首摔在我們面前。

少年的面色灰敗，已然失去生機，面容卻是完好的，足以讓我們認清這人的身分。

「富好！」無司滿眼猩紅地衝過來，抱住地上的少年。

「嗶——嗶——嗶——」

富好的手錶不斷傳來心電圖的長音，一次又一次，宣告著他已經失去心跳。

我震驚到渾身麻木，這時，一把彎刀穿透了我的腹部。

是割穗用的鐮刀。

我的身後漸漸浮現一道身影，村民笑著說：「我們就是第一層的關卡魔王，隱形人村民。」

原來，墓谷並不是只有十二層，而是墓谷最上層的那座村莊，就是第一層關卡。

富好就是在回到村莊的時候，遭到謀殺。

我的腹部發出源源不絕的紅色光芒，能量聚集到拿著鐮刀的村民身上。

村民喜不自禁地狂笑：「哈哈哈！黑色軍團說得沒錯，這個NPC確實不一般啊！來！你們也來砍他！」

原來這就是唐禿說的，我能夠使NPC獲得超乎常人的力量，而我只能眼睜睜看著他們越來越強大，卻無法阻止。

此時我才理解，當年的我是何種絕望的心情，可惜已經太遲了。

龍棠瞬間擋在我面前，一次揮刀，便除掉整群村民。

沒想到，這些村民即使被砍掉腦袋、被砍斷手腳，扭了扭身體，不用一秒便迅速復原。

村民發出爽朗的笑聲，用著純樸的面容，說出令人恐懼的話：「所謂『村民』啊，既然是『村』，就是以複數爲單位，我們永遠都是成群結隊，只要少於一個，就會一直再生。我們或許是遊戲裡最不起眼的角色，卻是唯一殺不完的角色。」

龍棠立刻透過手機下令刪除第一層關卡。

話筒那端著急地說：「老闆！我們無法控制這些村民NPC！」

我頓時憶起，唐禿也曾說過，當NPC因爲我身上的BUG而發生變異，便再也不受系統管控。

龍棠大範圍地殺了一群又一群村民，然而村民又會不斷出現，我們根本不知道還有多少人處於隱形狀態，只知道我不斷受到攻擊。

我想，他們早已經將我們包圍，早在我們進入第二層關卡，他們就一直圍繞在我們身邊，只是我們看不見罷了。

我痛得忍不住哭了，我是一個沒有戰鬥能力的NPC，連摔傷都很少有過，現在卻被捅好幾刀……

手錶裡的治癒藥劑不停注入我的身體，就算止了血，很快又會被補一刀，我不敢睜開眼看自己身上有多少窟窿。

龍棠緊緊握著我的手，我感覺到他的身體在顫抖，這是第一次，我知道他在害怕。

無司抱起富好的屍首，眼眶盈滿血紅的眼淚，彷彿用盡很大的力氣才能站得端正，他嗓音沙啞至極地說：「北也不行了，你只剩一個選擇。」

我在意識模糊之間，聽見龍棠發號施令，要話筒那端將他「死亡後遊戲不會重置」的規則關閉。

這意味著，我明天醒來，又會再次忘記他，忘記一切。

我努力想睜開眼，但只來得及看見龍棠拿起槍，指向自己的太陽穴。

「砰！」

我流下了眼淚。

爲什麼，每一次我都必須看著你死去？

第五章　天堂

我在海浪聲中醒來，口鼻都是海水，唇邊一抹溫熱的觸感稍縱即逝。

我不停嗆咳，「咳、咳咳咳！」

耳邊傳來冰冷卻溫和的聲音，「醒了？」

恍然之間我以爲自己在夢境，眨了眨眼，發現並不是夢，龍棠的臉近在咫尺，薄唇有些濕潤。

我連忙坐起身，著急地抓著龍棠搖晃，「龍棠！你沒事吧？我明明看見你……」

我明明看見他爲了讓遊戲重來，爲了救我跟富好，自殺了……

咦？奇怪了，遊戲不是重來了嗎？我怎麼沒有失去記憶？

「你剛醒來，別太激動。」龍棠按住我的身體，心情似乎不錯，不僅出乎意料地溫柔，甚至耐心地向我解釋：「我沒事。」

「富好呢？富好怎麼樣？你們是神仙對吧？能救得了他嗎？」

「富好並無大礙，除了一些小問題……」龍棠的臉色閃過一絲複雜。

我不明白他爲何露出這個表情，不過只有短短一瞬便恢復正常，我想應該是我的錯覺吧，聽見他說富好沒事我就安心了。

我左顧右盼，發現自己躺在沙灘上，四周一片漆黑，像是深夜般。海水輕輕拍打在我身上，不冰冷刺骨，反而溫暖舒適，就像嬰兒被羊水包覆。

這裡是哪裡？

我困惑地看向龍棠，這才發現龍棠整個人散發出柔和的金色光芒，不只如此，海面上還有許多光點隨著浪花跳躍。

我腦中靈光乍現，忽然想通——難道這裡是記憶體之海？

龍棠罕見的微笑證實了我的猜測。

我驚訝道：「我們怎麼到這裡的？」

龍棠說：「我想，進入這裡的條件就是在十三層血色墓谷中死亡。」

我恍然大悟，難怪所有意外進入記憶體之海的人都曾經經歷過生死關頭，原來那就是進入這裡的條件。

我好奇地看著發光的龍棠，海上活躍的光點不斷聚集到他身上，像是美麗的螢火蟲縈繞在他身邊。

那是一道讓人想親近的金色光芒。

「你爲什麼那麼亮？」我忍不住伸手想觸碰龍棠。

龍棠露出了一抹我從沒見過的，堪稱戀慕的表情，「我看你也很漂亮。」

龍棠扣住我伸出的手，下一秒，我的眼前炸開刺目的光芒，一幕幕場景浮現在我眼前。

我看見自己曾經來過這裡，拚命想抓住這些光點。

我看見一座教堂，龍棠送給我一束捧花，對我說：「嫁給我，我想每天塡滿你的背包。」

我看見我們一起吃冰淇淋，龍棠溫聲問：「不生氣了？」

我看見極光之下，兩道並肩而坐的身影，一幕即永恆。

我看見龍棠緩緩地對我說：「林北北，因爲我心向你。」

我看見年輕的龍棠穿著制服，把早餐扔在桌上，明明緊張卻刻意裝出冷酷地說：「吃嗎？」

我看見和自己長得一模一樣的NPC，扣住我的雙手，微笑朝著我說：「很高興見到你，生日快樂。」

我閉上眼，再次睜開眼時，眼眶徹底濕潤。

龍棠見我久久未語，表情有一絲窘迫，鬆開了手。

我含著淚光，笑著喊道：「小棠。」

龍棠頓了下，不敢置信地看著我，接著撲過來緊緊抱住我，像是在確認這不是幻覺。

我被抱得發疼卻沒有掙扎，我感覺到肩膀被男人的淚水浸濕。

「我找你……好久。」

龍棠語氣哽咽，仍強裝鎮定，然而顫抖的身體早已暴露他的情緒。

我將他抱得更緊，泣不成聲：「對不起，真的對不起……讓你久等了。」

「真是感人的相會。」一道聲音譏諷道。

我回頭，才發現不遠處還有一個人從海裡站了起來。

是A玩家。

隱形人村民出現時，現場一片混亂，沒人注意到A玩家也死了。

A玩家在海水中猛踹，發了瘋似地吼道：「沒有、沒有、沒有！這裡什麼都沒有！爲什麼他不在這裡？！

「我拚了命在墓谷裡活下來，就是爲了找這該死的記憶體之海，結果居然要死了才能到這裡？眞諷刺，越想要越得不到，這就是我的懲罰……」

A玩家一面說著，一面如同遊魂般漸漸走遠，彷彿失去生命的靈魂在沙灘上遊蕩。

我開始覺得有些奇怪。

先前不是說被刪除的NPC都在記憶體之海嗎？但這裡放眼望去除了我們三個人以外，什麼都沒有……而且，A玩家身上也沒有任何光點，彷彿這地方與他毫無關係。

龍棠說道：「並不是我們在選擇『記憶』，而是『記憶』在選擇我們。」

「什麼意思？」我不明白。

龍棠抖了抖身上的光點，「這些活動的光點都是記憶，它會靠近你，可能是因爲它想靠近。只有它想靠近，你才能抓住它。」

我忽然想起，剛才接觸我的都是一些溫暖美麗的記憶，而A玩家和領隊NPC當年恩斷義絕，美好的記憶已經毀滅，用世俗的話來說，就是緣分已盡。

記憶體之海之所以與A玩家無關，是因爲他和領隊NPC之間，已經是毫無關係的路人了。

龍棠不再提及A玩家的事，轉而問我：「當年你到底發生什麼事？」

我努力地回想，同時整理腦中的思緒。

當年，我照小棠的指示登入遊戲測試新角色，沒想到才剛進入遊戲，便掉進記憶體之海。

我還沒搞清楚怎麼一回事，一個長得跟我一模一樣的NPC就扣住我的手，對我說：「很高興見到你，生日快樂。」

之後我就再也沒有身爲「人」的記憶。

中間經過一段不知多久的空窗期，等我再有記憶的時候，就是在唐禿底下做事。

我一直以爲自己是遊戲裡的NPC，還是業績特別爛的那種NPC，常常沒能帶領玩家到最後一關。

直到某一天，我不經意聽見唐禿和黑色軍團的對話，得知自己身上原來存在著BUG。當我帶領玩家到最後一關時，他們就會在玩家破關以前，殘殺玩家並盜用他的身分。

更可怕的是，這不是我第一次發現他們的計畫，所以我才會常常利用各種方式不讓玩家走到最後一關，但總是會被唐禿發現。

而唐禿只要殺死玩家，我的記憶就會重置，一切又會再次輪迴。

他們越發肆無忌憚，甚至在我面前光明正大地談論起來，嘲笑著我下次又會再次忘記，這點小動作根本不足掛齒。

後來，我終於想到一個方法，寫了一張紙條告誡自己不可以帶玩家破關，並且把紙條分散，避免被唐禿發現。

這個方法成功奏效，唐禿不曉得我用了什麼方法躲避他，只知道我已經整整一個月沒有帶玩家破關，於是才終於開口威脅。

我說完自己的經歷，才發現自己整隻手都在抖。

龍棠摸了摸我的腦袋，說道：「你做得很好。」

「什麼？」

「你很努力，你救了他們。」

我愣了愣，忍不住淚水盈眶，搖了搖頭，「不，你說錯了，我害了很多人。」

「沒事。」龍棠失笑，「我剛才已經採集記憶體之海的數值傳送給工程部門，他們說，記憶體之海的數據很特殊，因此很快就在系統裡找到這個地方。他們也已經從記憶體之海的數據中找出許多失蹤玩家的資料，很多人都慢慢清醒了。」

「真的嗎？！」我激動地瞠大眼。

龍棠莞爾，點頭。

「萬歲！萬歲！」

龍棠笑出聲來，愉悅的嗓音在寧靜的海域上繚繞。

當晚，我們在海邊紮營。

A玩家不再四處遊蕩，孤單地坐在海岸邊，看著漆黑的海面。他離我們很遠，像是害怕沾染到愉快的氣息。

龍棠當這個人不存在，躺在沙灘上滑手機，把簡陋的帳篷住得像在度假，十分舒心愜意。

我的視線忍不住一直瞟向A玩家，猶豫許久，還是選擇跑過去跟他說話。

A玩家沉浸在巨大的失落和悲痛中，不知是沒有察覺我的靠近，還是單純不想理會。

「爲什麼……爲什麼你不在這裡……」他失魂落魄，不斷喃喃自語。

我蹲下身，與他保持平視，小聲說：「你有沒有想過，你找不到人，未必是他不在這裡？」

A玩家終於有了反應，不解地看著我。

我露出純淨可愛的笑容，「你有沒有想過，其實他根本不想見你？」

我扔下宛若被雷擊的A玩家回到帳篷。

龍棠頭也沒抬，「你去刺激他了？」

不愧是最了解我的小棠，就算沒聽見也知道我說了什麼。

「哼！這點刺激還遠遠不夠！別以爲愧疚就可以被原諒，那個NPC可是活活被他害死了！如果凶手只要愧疚就能被同情，那誰來同情無辜的死者？」

龍棠摸了摸我的頭。

我歪了歪頭，「我這樣會太壞嗎？」

「我只知道你太可愛。」

天明以前，我忽然想起一件相當重要的事，「啊！小棠！雖然我恢復記憶了，可是我要怎麼離開遊戲呀？我的玩家手機已經不見了，現在身分又是NPC，系統不可能放我離開……」

「不用擔心，我測試過，有個地方能拿回你的手機。」

「哪裡！」

「競技場，天堂之門。」

我張大嘴，原來當時小棠堅持要脫離主線去玩競技場，就是爲了我。

只要通過一百關，天堂之門就會開啓，贏家能得到任何一樣想要的獎勵……

「等等……這樣我不就得打完一百關嗎？！」

隔天，我和龍棠來到競技場。

競技場人滿爲患，每一個關卡的魔王NPC都到齊了，甚至還有不少來看熱鬧的NPC們。

他們已經知道事情的始末，聽說我的事蹟上了NPC新聞的頭版頭條，一夜之間廣泛流傳。畢竟「玩家成爲NPC」這麼驚人的事，大概是他們此生聽過最神奇的傳說。

旗魚王對我大吼：「北北！想不到你居然是玩家啊！眞有你的！」

他的語氣充滿崇拜，沒有半點隔閡。

「你們……不在乎我其實是玩家嗎？」

大部分的NPC都把玩家當作客戶，總是保持適當的距離，如今他們知道我其實是玩家，爲什麼對我的態度都沒有半點改變？

旗魚王大力拍了拍我的背，「不會啊！你知道嗎？自從新聞報導你是玩家以後，很多人開始不怕玩家了！因爲大家都沒想過，原來玩家其實和我們沒有差別，即使住在一起，也分不出差異。」

綠毛蟲小孩附和道：「對啊！而且我們眞的想不到，原來玩家這麼親切可愛！」

人面蜘蛛發抖地看著我身邊的龍棠：「……親切可愛？」

旗魚王摸了摸下巴，「說實話，如果眞要說有什麼驚訝的地方，我比較驚訝一個玩家居然長得比我們NPC好看。」

人頭蜈蚣王大笑：「隨便一個NPC都長得比你好看啦！哈哈哈！」

競技場的主持人用愉快的聲音播報：「看過來、看過來！百年一見的玩家挑戰魔王競技賽即將開打啦！玩家必須連續挑戰一百位等級九百九十九的歷代魔王，不得中途休息！不得中途離場！當然，也不得中途死亡嘍！哈哈哈，那麼現在，熱烈歡迎我們最親切的朋友，林北北！」

一百關正式開打，意外的是，魔王NPC們紛紛假裝摔倒、自刎，讓我輕鬆過關。

他們一個個幫助我破關，一個個向我道別：「離開這裡以後，要想我們啊。」

我感動地眼眶含淚，「好。」

很快我便成功度過一百關，開啓了特殊獎勵——天堂之門。

當多重和弦響起時，我的面前冒出一扇門，門內有一道金色階梯通往高處，盡頭是一棟白色的建築。

我踏進金色的門框前，有些緊張地回頭望向龍棠。

龍棠比著前方，讓我放心進去，他會守在這裡。

於是，我安心踏進門裡。

我走在白色階梯上，走著走著，便開始跑了起來。

不只因爲這是回家的路，更因爲我早就好奇很久天堂之門裡面究竟是什麼模樣了！

據說裡面是世界上最美的風景，卻從來沒有玩家明確描述過是什麼樣子。

每當有人問那些玩家時，他們總會露出謎樣的笑容，「是絕無僅有，無與倫比的風景。」

因此，傳言千奇百怪，然而除了那些玩家以外，沒人知道何者爲眞。

我一路跑上階梯，終於來到最高處的白色建築，推開大門——

一陣白光迎面而來，我瞇起眼。

再次睜開眼時，發現自己站在一張普通的桌椅前。

眼前是綠色的黑板，身邊是一排又一排整齊的書桌椅，窗外陽光明媚，微風吹動米色的窗簾……

搞什麼！這不是教室嗎？！天堂之門裡面居然是一間教室啊啊啊！誰會覺得教室美麗啊！

「磕、磕……」

黑板傳來一陣細微的騷動，我才注意到講臺上有一道白得發光的影子，隱約是個人形。

那道白影拾起粉筆，唰唰唰地在黑板寫下一行行字——

「歡迎來到天堂之門。」

「你或許會驚訝，但這裡就是天堂之門。」

「天堂之門並不遙遠，它就在你心裡，是你最美的記憶。」

我愣了愣，赫然驚覺什麼。

再低頭一看，我面前的書桌上寫滿了立可白留下的字跡——我愛草莓麵包♥、我愛咔啦雞腿堡♥、我愛起司蛋餅♥等等。

多麼眼熟……

那是我的字跡。

而這間教室，是我高中的教室。

「你我早已經歷過天堂，你心中最美的地方即是天堂。」

我怔著，不自覺坐了下來，然後在抽屜裡看見一個福利社賣的草莓麵包。

我知道這是誰給的。

以前高中的時候，一開始我和小棠處得不好，不知道從哪天開始，他忽然開始替我準備早餐。礙於面子他不好意思直接給我，所以他總是特地早起，第一個到校，只爲了偷偷把早餐放在我的抽屜，我過了很久才知道他的心意。

我打開草莓麵包，放進嘴裡，是無比熟悉的味道。後來出了社會，我再買同樣的草莓麵包，卻吃不出這個味道。

我邊吃邊忍不住鼻酸。

我突然明白，為什麼龍棠會讓技術部門設計出這個地方，又把這個地方稱為天堂之門。

「現在，玩家林北北，請說出你想要的獎勵。」

我紅著眼眶說：「我想回去……我想要回我的玩家手機，我要回去！」

回到那個屬於我的地方。

「你的願望必定達成。」

我鬆了口氣。

「在此之前，請先回答三個問題，回答正確即能獲得獎勵。」

怎麼還有考試？沒人說要隨堂考啊！

「問題一：請選出有紅綠燈的照片。」

啊？

我的桌上驀然出現九張圖，是被裁切成九宮格的道路照片。

怎麼回事？怎麼感覺這麼熟悉？

我指了其中三張。

照片瞬間消失，黑板上出現第二道題目。

「問題二：請選擇三天內你曾說過的留言。」

不對，這不是錯覺，這不就是網站上常出現的驗證眞人的機制嗎！

「（1）我好熱，我需要你！」

「（2）快進來！」

「（3）萬歲！萬歲！」

我滿臉通紅，「第三個啦！第一跟第二個選項是怎麼回事？我像是會說出這種話的人嗎？我們這個遊戲是普遍級沒錯吧？」

「問題三：請確認你不是機器人。」

「……我不是機器人。」原來這些題目眞的都有其意義。

「恭喜你通過驗證，這是你的獎勵。」

桌上頓時出現一部手機，我喜不自禁，趕緊將它收進口袋裡。

終於拿回來了！

我的後方出現進來天堂之門時那條長長的階梯，教室的場景漸漸化爲白霧……我戀戀不捨地看了最後一眼。

正當我以爲一切都結束了，準備離去時，發現白影仍站在黑板前，提筆書寫。

「請問，我能以個人的身分，問你第四個問題嗎？」

咦？

我不明所以地點了點頭。

「折翼過得好嗎？」

我愣住，久久不能回答。

這個熟悉的名稱，難道……

「你就是那個領隊NPC？！」

白影沒有回應。

原來，領隊NPC被刪除後，沒有去記憶體之海，而是「上天堂」了！

我苦惱地想了一會，「好又如何，不好又如何呢？你這麼問，是還想見到他嗎？」

白影依舊沒有反應。

我雙手抱臂，義正嚴辭地說：「嗯！我回答完第四個問題了！是不是應該多給我一個獎勵？」

白影終於再次動筆。

「你眞會討價還價。」

我本來以爲白影寫完這句話以後，不會再理會我，沒想到白影又繼續書寫。

「不過，你的回答皆正確，說吧，你還想要什麼？」

我笑著搖頭，眞心祝福道：「我想要你順從本心，想見什麼人，就去見他，想做什麼，就去做吧。」

白影似乎陷入了沉思。

這回我沒有再停留，對著白影揮手道別，踏著輕快的步伐離去，在離開白色建築以前，我回頭望了望。

白影已經消失，但那塊黑板仍在，上頭寫著——

「謝謝你。」

我微笑收回視線，不再回頭。

當我順著階梯往下走，接近天堂之門的入口時，隱約看見門外站著一道身影。

我三步併作兩步跑下階梯，撲過去抱住那人，「小棠！」被我抱住的人踉蹌兩步，差點摔跤，我感覺手感有些不對勁，小棠可沒有這麼好推倒，而且也沒這麼……小隻？

「滾開！不要黏著本少爺！」我懷裡傳來熟悉的傲嬌少年嗓音。

我驚喜道：「富好？！」

富好完好無缺地站在我面前，老樣子以不耐煩的表情掩飾著他的害羞，「不要這麼大聲，本少爺聽得見！」

「你去哪了？爲什麼你明明也死在墓谷，我們卻沒在記憶體之海看見你？」

富好惱羞成怒，似乎對自己的死亡感到不甘，「說什麼死不死啊，多不吉利！大概是因爲我是在村莊遇害的吧，那些該死的村民居然敢欺騙無司……總之，八成是那村莊不在遊戲管轄範圍，所以系統產生錯亂了吧。」

我發自內心地感到高興，「原來是這樣，幸好你沒事，所以你死後就直接被傳送回來這裡了嗎？」

「就說別一直說什麼死不死！還有，我不是直接回來這裡的。」

嗯？

「說來話長啦，我被傳送到一個叫做『指北針』的公司，光聽名字就讓人莫名火大。那裡的人都超奇怪，明明我就不認識他們，但他們好像都認識我，一直揉著我的臉說什麼『好像富好』、『好可愛』，我本來就是富好啊！而且本少爺是帥氣，帥氣懂不懂！野蠻人的審美觀就是奇怪！」

……你該不會跑到現實世界去了吧？

難道這就是小棠之前說的「小問題」？這問題一點都不小好嗎？！

富好說起這段經歷氣憤難平，「後來他們打電話給龍總，感覺他們好像是龍總的僕人之類的。龍總跟他們說了幾句話，他們在電腦前面瞎搞一通，久到我都睡著了，醒來就回來了。」

就某種意義而言，你的經歷比我還神奇。

我還沒來得及發表感言，身後有人摸了摸我的頭。

「我們回家吧。」那個熟悉的，佔據我人生一半歲月的聲音如是說。

「嗯，我等你好久啦！」

我露出無比燦爛的笑容。

後來，龍棠讓美術部門畫出了這一幕，作爲遊戲的配圖。

輕快的笑容配上緋紅的雙頰，就像鮮奶油蛋糕上點綴著草莓，聞之香甜，嚐之美味。

龍棠爲這張圖命了名，叫做「幸福的終點」。

尾聲

「等等！等我一下！」

龍棠正準備帶著北北離開遊戲，葉飄流遠遠地跑過來，氣喘吁吁道：「呼、呼！老天！終於找到你們了啊！你們可眞難找，我一直退出遊戲，又進入遊戲，退出，又進入，每次都遇到其他NPC！大哥，我們公司的NPC比直轄市人口還多！」

被葉飄流這麼一說，北北才想到一個問題——

每次玩家進入遊戲，搭配的演員NPC都是隨機的，光是亞虎伺服器就有上千個演員NPC，一開始他和小棠又沒有婚姻綁定，小棠是怎麼找到他的？

北北偏頭問：「你是怎麼在亞虎伺服器找到我的呀？」

龍棠捏了捏他的鼻子，「你以爲很容易？」

第一次遇見你，是命運，之後每一次遇見你，都是千方百計。

全文完

番外
我是一個普通員工，某天發現我的老闆……

我是一名普通員工，在一間赫赫有名的科技公司上班。

這間公司雖然是剛上市兩年的新創公司，卻以極快的速度發跡，以全球首創的第一款4D遊戲聞名，銷量破億，短短兩年便躋身全國十大企業。

當時面試競爭激烈的程度，可以說是血流成河，幾千名應試者中只錄取兩個。而我好不容易擠進前一百名，才聽說最後一關的主考官是老闆，合不合格要看有沒有合老闆眼緣，不說我還以爲這是相親。

兩年前我離鄉背井來到這座大城市，原本我的願望是留在老家種田，種完還可以自己吃，然而在我大學畢業前夕，二叔和阿姨把我家那塊田賣出去了。

那塊田雖然不怎麼値錢，好歹也是我父母生前唯一留給我的遺產，但叔叔阿姨說希望我到大城市發展，盼我出人頭地，我比較懷疑他們從我父母死後就一直盼我人頭落地。

我之所以擠破頭也要進這間公司，並不是因爲叔叔阿姨盼我人頭……出人頭地，而是因爲這間公司的員工餐廳實在太厲害了！

據說是五星級飯店廚師掌廚，每道餐點都經過精心配置，每一盤料理都媲美米其林餐廳。而且中式、日式、西式等等各個國家的美食應有盡有，加上早餐、午餐、下午茶和宵夜二十四小時全天候供應，在任何一間公司都享受不到如此頂級的待遇。

至於我後來爲何能突破重圍，成功進入這間公司，事情得從兩年前說起。

面試那天，我從沒想過憑藉自己單薄的履歷可以取得前一百名。

雖然因爲要付租金給叔叔阿姨，飲食也要自己負責，所以我從高中就開始在學校配合的公司打工實習，大學也有接案。可是當我眞正來到大城市，進入這間公司面試時，才知道自己的見識還是太淺了。

周圍的應試者無一不是某某企業的高管出身，而我只是個剛畢業的大學生，穿著自己唯一稱得上正式的白色襯衫，和他們西裝筆挺的菁英氛圍簡直無法相比。

儘管我後來擠進前一百名，但複試才是眞正的重頭戲，沒有錄取的話等於前功盡棄。

祕書喊了我的號碼，我緊張到同手同腳地推開會議室大門。

迎面而來的是一排主考官，中間坐的大概就是老闆……我還沒看清老闆的臉，他就說了一句：「可以了。」

對方的聲音低沉磁性，是讓人記憶深刻的嗓音。

接著祕書便微笑著引領我從另一個門離開。

我連椅子都沒坐到就結束了？我被淘汰了嗎？

就在這時，我聽見其他面試者熱烈的討論。

「你也是什麼話都沒說嗎？一進去老闆就叫你離開？我也是！我還以爲沒希望了！」

「對啊！我剛問了好幾個人都是這樣，太奇怪了，我還以爲老闆只看臉只是開玩笑，沒想到是眞的？祕書一直笑說要我們放心，老闆心裡有數，讓我們回去等通知……」

原來不是只有我遇到這個情況。

得知這件事後，我不知是安心還是忐忑，懷著複雜的心情，我離開公司，到附近吃過晚餐後，拖著行李來到剛租好的公寓。

吃飽喝足外加看著嶄新的裝潢，我的心情頓時豁然開朗。

能找到這棟公寓是我上輩子修來的福氣，當初我先從租屋網站上找離公司最近的住所，由於在市中心，房租貴得驚人，足足比我預期的數字多了一個零。

原本我打算放棄，從較遠的地方通勤，沒想到卻意外發現一則急於出租的房屋廣告，地點就在公司隔壁的豪宅。因爲房東急需現金，租金不僅少一個零，甚至比我預期的數字更便宜，只是需要先預付兩年的房租。

我猶豫很久，最後仍忍痛下訂，即使這會花光我所有的積蓄，但如果能住兩年，換算下來依舊省下許多錢。

現在實際看到房子，才發現這裡比我想像中更豪華氣派。更重要的是，公司就在隔壁，每天早上都可以多睡一小時，這絕對是我上輩子……不，是三輩子修來的福氣！

我興沖沖地走進大門，經過富麗堂皇的中庭，正巧看見電梯門正要關上，我趕緊跑過去，拖著行李擠進電梯內，「不好意思呀，我也要搭電梯！」

電梯裡的男子瞟了我一眼，一句話也沒說，就挪開視線。

我看他一身西裝，穿得比面試的那些高級主管還氣派，模樣卻相當年輕英俊，心想著：都市人好冷漠呀，他絕對就是電視上說得那種高高在上的富二代。

我拿出房東之前寄給我的鑰匙和感應扣，正想感應電梯，才發現那人已經按了二十六樓。

剛好住同一層樓？

我高興地脫口而出：「原來是鄰居呀！你好，我是今天新搬來的住戶。」

回應我的只是沉默，富二代甚至看都沒看我一眼。

我羞恥地低頭，默默收回鑰匙，等著電梯一樓一樓往上。

這是我這輩子最安靜的十五秒鐘。

二十六樓終於到了，我趕緊離開電梯，左顧右盼看門牌，一層樓那麼大，卻只有兩戶，右邊那戶是二十六樓之一，就是我租的房子。

此刻，我只想快點進門避免尷尬，於是快步走到門前。

我拿出鑰匙打算開門，卻找不到鑰匙孔在哪裡，面前只有一塊黑色的面板，上面有著數字，看起來像是電子鎖。

這是高級公寓的設計嗎？我還是第一次看見沒有鑰匙孔，只有密碼鎖的公寓大門……奇怪，房東沒有告訴我大門的密碼呀？

這時，身後突然有人靠近，男子站在我身後，說道：「你做什麼？」

這是我第一次聽見他的聲音，聲如其人一樣冷淡……等等，這個聲音，不就是今天面試我的大老闆嗎？！

我震驚地上下左右來回打量男子，雖然西裝都長得差不多，但越看越眼熟，這個人就是老闆沒錯！沒想到老闆就住在隔壁！

「老、老老老闆好。」我結巴道。

這是我第一次這麼近距離接觸大人物，不知該如何是好。

「別亂喊，誰是你老闆，你面試上了？」

「喔……」我委屈地說。

老闆真的很年輕，連說話方式都像鄉下住我隔壁的阿榮那個剛升國二的兒子，特別喜歡跟我唱反調。不過，像他這樣的大人物用這種毫無拘束的說話方式，反而讓我放鬆下來。

我想起剛才老闆問的問題，「報告老闆，我在開鎖。」

老闆沉默無語。

見老闆遲遲沒有離開，我後知後覺地想：難道老闆是看我進不去房子，特地來關心我的嗎？原來都市人也是很有情有義的！是我太刻板印象了！

「老闆，你不用擔心！我打電話問問房東！」

我打給房東，電話那端卻傳來：「您撥的電話是空號，請查明後再播，謝謝。」

我困惑地喃喃自語：「奇怪，爲什麼是空號……」

「你打算站多久？」老闆語氣有一絲不耐。

我已經不會再被他冷漠的外表蒙蔽，明白他乍看眼神鄙睨，實則充滿溫情。

我拍了拍他的手臂，「沒關係的，老闆你快回家吧，我再想辦法聯繫房東。」

老闆依舊沒有回話。

我心想老闆眞夠義氣，膽子也大了起來，輕推了推他，「老闆你快走，不用管我。」

「你擋在我家門口，我往哪走？」

嗯？

老闆越過我，貌似要按密碼，又回頭看我，「你還不走？」

我愣了一會，茫然地說：「等等，什麼？你家？」

「這是我家。」

「怎麼可能？房、房東沒跟我說我有室友啊！」

老闆皺眉，「哪來的房東？」

「就是那個姓邱的先生啊！」

「我不認識什麼邱先生，而且，這棟房子是我的。」

「啊？」我的腦袋亂成一團漿糊，轉頭看向隔壁間，「難道我走錯間了？」

「隔壁也是我的。」老闆對上我慌亂的眼睛，平靜地說：「我的意思是，整棟大樓都是我的。」

我頓時說不出話來。

「你被詐騙了。」

這下我震驚得雙目瞠大。

我錯了，我上輩子一定沒有累積半點福氣，可能還欠債。

老闆說完這麼一句話，轉頭就要輸入密碼進門。

我現在無處可去，所有積蓄都付諸流水，唯一的家當都在身上，也不可能再回去那個不屬於我的家了，我下意識抓住面前的浮木，「等等！老闆！你別走！」

老闆涼涼地瞥了我一眼。

我緊緊抓住他的衣襬，欲哭無淚地說：「老闆，你是這裡的房東對吧？隔壁有住人嗎？能不能先租給我幾天？等我找到房子就馬上搬走！求求你，我身上已經沒有半毛錢了，工作也還沒確定，如果你不收留我的話，我真的只能流落街頭了！」

「你不是說沒錢，怎麼租？」

我話說得顛三倒四，老闆卻不愧是老闆，反應極快，說話一針見血。

「我、我下禮拜一定還你！我現在就去買彩券，禮拜六就會開獎了！」

老闆把我當瘋子，轉頭就走。

我趕緊拉住他，「我不是開玩笑的！其、其實，我有預知數字的能力，我可以算出頭獎的號碼！我的祖先是算命世家，曾曾曾叔公過世以後本來以爲這個能力失傳了，結果我小學的時候翻到曾曾曾叔公的筆記，好奇跟著學，不小心發現自己有這個能力……」

老闆按著腦袋，似乎對我的話感到很頭疼，隱忍半天只吐出一句：「神棍。」

「我是說眞的！你相信我！我一般不這麼做的，因爲夢裡的神獸一再告誡我，千萬不可以隨便算卦，只要算一次就會短命十年，所以我只有小時候做過一次……」

老闆聽不下去，打斷我的話：「不用你算號碼，我不缺錢，你走吧。」

我急得跳腳，情急之下脫口而出：「我、我還會算壽命！」

老闆頓住。

我捏著手指，低頭說道：「只要跟數字有關的卜卦，我都能算。」

沒有人不好奇自己的壽命，尤其富人更想長命百歲，但這是我最不想算的事情。

小時候，在找到曾曾曾叔公留下的筆記的那一天，我好奇跟著書上的步驟算了爸媽的壽命，得到了數字「三」。當時我不明白什麼意思，便沒當一回事。

就在三天後，爸媽去城裡賣菜，因爲天雨路滑而跌落山谷……我一直很後悔自己沒有認眞看待當初算出來的結果。

老闆說：「知道壽命又如何？」

我仰頭看他，「知道壽命或許就能逆天改命，你不想嗎？」

「不想。」接著老闆又說：「我想短命。」

這是我第一次聽見這麼奇怪的要求。

我無計可施，沮喪地垂下頭，默默收拾行李。

「密碼是1123，一個月五千，下個月開始收。你有正當工作，別做偷雞摸狗的事。還有，不准按電鈴，別煩我。」

老闆丟下一長串的話，「砰」的一聲關上大門。

我愣在原地。

這個意思是……他決定租給我了？太、太好了！萬歲！

咦？可是，房租這麼便宜嗎？還跟我一開始預期的數字一模一樣……這裡的行情不是應該多一個零嗎？而且，我有什麼正當工作？

我聽得一頭霧水，這時手機忽然響起一則提示音。

訊息上寫著：「您好，恭喜您錄取本公司職位，請於下星期一上午九點報到，報到地點爲……」

我愣了很久才發出驚叫，開心地抱著行李跳躍。

果然，我沒有看錯，老闆只是外表冷漠，其實是個大好人！

老闆，我會聽您的話，認眞工作，下班後也絕對不會按電鈴打擾您的！

兩年後的現在。

「叮咚、叮咚、叮咚——」我一手抓著早餐，另一手生無可戀地拚命按著門鈴。

按了半天無人回應，我熟練地輸入密碼，推開門，直闖臥室，拉開窗簾。只見諾大的床上有一團鼓起的球，老闆縮在棉被裡面睡得昏天暗地。

「老闆，快起床，你要遲到了！」我用力掀開棉被。

老闆低嚎一聲，像是被喚醒的野獸。

每到冬天，老闆都會睡得很久很沉，簡直就像在冬眠。

去年是我住在這裡的第一個冬天，當時我還不知道這個情況。

某天早上，老闆的特別助理葉哥按門鈴按到把我吵醒。葉哥發現我住在隔壁時相當驚訝，他說老闆當初買下這棟樓就是爲了不要有鄰居——沒錯，一樓到二十六樓只有老闆一個人住，有錢人的快樂就是這麼樸實無華。

葉哥沒想到老闆竟然會讓我住進來，而且我還是公司的員工，天時地利人和之下，從此之後，把老闆叫醒就變成了我的責任。

起初我以爲只是普通地當個人工鬧鐘，但葉哥說我錯了，老闆冬天特別會睡，如果沒人叫他起床，他可以睡整整一個月。

本來以爲這只是誇飾的我，去年叫了他整整一個冬天，如今我已經有深刻的體悟。

老闆還趴在床上，裸著上半身，抱住一隻龍娃娃不放，嗓音微啞地說：「讓你住進來就是個錯誤……」

可惜我們老闆有這麼好的身材、這麼好聽的聲音，行爲舉止卻像個孩子一樣。

我一面跟老闆搶娃娃，因爲我知道只要沒有這個破舊的娃娃他就睡不著，一面說道：「葉哥可不是這麼說的，他說你讓我住進來是你管理公司這幾年最英明的決定，我們公司終於不會一到冬天就沒老闆了。」

「那是因爲他沒見過我最英明的決定。」

「什麼決定？」

「開除他。」

過了一陣子，老闆終於來到公司。

葉哥感激涕零地對我說：「幸好有你啊！你知道嗎？冬天的老闆不只叫不醒，還低氣壓！你來的這段時間是我們最和平的日子……」

原來是這樣嗎？

我並不了解從前的老闆，即使我們朝夕相處，可老闆從來不談自己的事情。

「對了！說到這個，我都忘了，下禮拜就是『那個日子』啊！」

見到葉哥激動的表情，我不明所以，「什麼日子？」

「每到十一月二十三號這天，老闆就會突然消失一個禮拜，誰都找不到他！以往這個時候他都會變得特別沉默，不過因爲你來了，今年完全沒有跡象，我忙起來就忘了……完了、完了，重要的會議都還沒排開，現在聯繫也來不及了，那些都是十幾億的生意啊！你能幫我拜託老闆今年不要消失嗎？」

我有些無語地看著葉哥。

「如果這些會議沒有談成，我們今年年終可能會少一個零。」

「好，我去！」

我來到老闆辦公室前，敲了敲門。

老闆是很神祕的人，有一些異於常人的習性，以及他整棟樓的房間密碼都是1123。

我曾經問過老闆：「密碼怎麼都是1123呀？1123是什麼特別的數字嗎？」

老闆說：「整棟樓有五十間房間，你要我設五十個密碼？」

現在看來，1123原來指的是十一月二十三號，這天的確是個特殊的日子。

老闆讓我進門，我推開門，單刀直入地問：「老闆，你今年十一月二十三號能不能不要消失?」

老闆聽見我提起這個日子，正在簽署合約的手明顯頓了一下。

趁老闆發難前，我緊接著苦口婆心道：「老闆，你聽我一句勸，平時賴床可能只是小事，但你怎麼能做出一聲不吭消失一個禮拜的行爲呢?公司的營運該由誰負責?你身爲一個大老闆，必須負起責任呀!」

老闆沉默一會，答道：「好，我處理。」

咦?老闆今天怎麼這麼好商量，甚至沒有對我冷嘲熱諷?

我有些不敢置信，遲疑地說：「所以……你今年不消失了?」

老闆搖頭，「我明天把公司收了，就沒有曠職的問題。」

「……您開玩笑的吧?」

「你說呢?」老闆的眼神毫無笑意。

「對不起!我錯了!請您千萬不要這麼做!」我可承擔不了失業和失去員工餐廳啊!

老闆點頭，又繼續埋首工作。

看著老闆振筆疾書，我的心情既複雜又困惑。

奇怪，其實老闆對工作算上心，否則公司也不可能經營得有聲有色，他幾乎天天都加班到半夜，好幾次我躺在床上準備入睡，才聽見他開門回家的聲音。

然而這樣的老闆卻會在冬天賴床，甚至突然失蹤一個禮拜，真讓人匪夷所思。

難道說，老闆其實有什麼難言之隱？

我皺眉道：「老闆……」

老闆停筆，雙手交疊，「你還有什麼話想說？我都配合。」

我懷疑老闆口中所謂的配合是指「你對我有什麼意見，我就讓你消失，這樣就沒有人會有意見」。

我嘆了口氣，「我只是想說，如果你有什麼困難，可以告訴我，不用一個人承擔。」

我頭一次對老闆說出積存已久的真心話：「雖然你是老闆，可也是我的恩人。如果當初你沒有收留我，給我一份工作，甚至讓我以便宜的房租住下來，我恐怕已經流落街頭。當時我是真的無處可去，連老家也歸不得了，所以我真的非常感謝你。」

也是因為如此，老闆對我而言沒有隔閡，我希望能在他的身邊報答他，不只是叫他起床這種小事，即使要我做牛做馬，我都願意。

老闆先是一愣，接著笑出聲，我很少看見他的笑容。

他調侃道：「原來你把我當恩人？我是你老闆，又是你恩人，你還沒大沒小？」

「你也沒有大人的感覺啊！」

「你看看你。」

「老闆，我不是找你拌嘴的，我是說眞的，你有事都可以告訴我。」

「二十三號必須離開，這是我曾經許下的承諾，還是你要跟我……」老闆眼底有著未完的笑意，他忽然停頓，彷彿陷入了回憶，眼神漸漸黯淡。他斂下眸，沒說出未完的話，「算了，我不在那段時間，我會把資料留下來，你再幫小葉處理。」

我點頭，心裡隱約有些失落，老闆依舊沒有說出原因。

不過，每個人都有自己的祕密吧。

眨眼間，到了十一月二十三號那天，老闆確實消失了。

老闆留下的資料很齊全，合作方那邊老闆他也事先知會過了，所以會議進行得十分順利。

然而，順利僅止於第一天上午，下午的時候，葉哥拿起其中一袋老闆留下的文件，臉色僵硬：「這、這是什麼？」

我低頭一看，袋子裡是龍娃娃和少量的衣物。

葉哥崩潰地喊：「完了！我完了！我居然不小心拿到老闆要帶去的行李！老闆這次一定會殺了我！」

我看著裡頭的龍娃娃，擔憂地皺眉。

沒有龍娃娃，老闆絕對睡不著，更別提他這趟要去整整一個禮拜……冬天是老闆最需要睡眠的時候，如果他真的有什麼隱疾該怎麼辦？

袋子裡面還有一張客運票，抵達站是龍林。

咦？這不是我的老家嗎？

我驚訝地抽出車票，再三確認，確實是從這裡到龍林的車票。

老闆去那裡做什麼？

龍林是個窮鄉僻壤，沒有機場和火車站，只有一班客運能夠到達。儘管聽說之後會大幅改建，增設交通建設，不過目前仍是一片荒蕪。

龍林鎮很小，不用兩個小時便能走完整個城鎮，其餘全是山，那片山也是龍林唯一著名的地方，而它之所以著名，並不是因爲美麗，而是因爲鬧鬼。

傳聞有許多人曾在山裡見到鬼，再加上山路陡峭，時常有人有去無回，以前車子還開得進去的時候就經常出事，包括我父母也是在那座山中不幸罹難。

後來，不只觀光客不敢來，就連鄉長也直接拉起封鎖線，不讓居民隨意進出。

老闆去龍林究竟想做什麼？

我看著手裡的龍娃娃，猶豫再三，還是決定動身去找老闆。

龍林鎮能住的地方不多，說不定我眞的能遇到老闆，而且我也很久沒回去了，雖然不能回阿姨家，但可以看看以前住的祖宅。

我想知道老闆爲什麼要去龍林。

我隱約覺得，當一切都太過巧合時，可能就是一種注定。

客運到了龍林站，站牌旁邊便是枯黃的田地。

我一下車，撲面而來便是熟悉的冷風，我趕緊拉住被吹得零亂的外套，這裡冬天的風還是那麼大。

我一路往祖宅走去，越過田野，再往深山走，在山腳下那一片土地就是我們家族的祖宅。

祖宅佔了龍林三分之一的平面土地，據說在很久以前我們家是望族，祖先是皇帝的親弟弟，因爲權力鬥爭才從首都遷移到龍林，掌管這片土地。

龍林曾經是片富饒的土地，龍林之所以叫龍林，是因爲傳說遠古時候有麒麟守護這片土地。後來皇帝自封爲龍的子孫，不允許首都之外有龍的存在，因此放火燒了龍林的村落，屠殺上千子民，血染土地，以至於數百年來都長不出稻穗。

龍林的名聲也從麒麟的土地變爲詛咒之地，深山裡會見到鬼的傳聞也由此而來。

當然，這些都是從我爸媽那裡聽來的都市傳說，是眞是假沒人知道，我也不懂他們爲什麼要對一個五歲的小孩說這種床邊故事。

走了半個小時，我終於來到祖宅。

祖宅周圍的田已經被二叔賣光了，現在堆滿廢棄物，看得我十分難受。

這些都是可以種菜的田啊！種不出稻穗也能種個小白菜啊！每回看到這畫面都讓我覺得自己一年少吃了好幾噸的小白菜。

祖宅長滿灰塵，房樑破損，大門還裂了一半，破舊不堪。

我們家是最後一批住在祖宅的人，爸媽過世之後，祖宅就無人管理了。最主要的原因是，大家都說祖宅受到詛咒，當年皇帝的作爲觸怒了麒麟，連帶所有親戚都受到詛咒，包括我們家族。

從今以後林家生出的子女，代代注定短壽，而且每百年必出一個名中帶有「西」字的子孫，那名子孫就是家族的災星。

很小的時候我曾問過爸爸：「大家都說祖宅受到祖咒，我們爲什麼還要住在這裡呀？」

「兒子，你曾曾曾叔公曾經說過，麒麟守護所有人民，絕不會因爲私仇而降下詛咒，做賊的人才會心虛，我們林家要幫助麒麟守住這片土地。」

「爸爸，你怎麼會知道曾曾曾叔公說過什麼呀？」

「你曾曾叔公說的呀。」

「曾曾叔公怎麼會知道曾曾曾叔公說過什麼呀？」

「……寶貝，你該睡了。」

「爸爸，我還有一個問題，爲什麼叔叔他們都說叫『西』的人應該去死呀？」

「呸、呸！誰跟你說的？你的曾曾曾叔公就叫『西』，他不僅受到麒麟祝福，還曾經保護林家免遭滅門，是個很偉大的人！你的名字也是曾曾曾叔公向我和你媽托夢來的，所以你絕對是個特別的孩子，知道嗎？」

我似懂非懂地點頭。

爸爸的一番故事引起我的好奇，後來我在祖宅發現一個祕密基地——西邊廂房上鎖的房間。

我撬開腐朽的門鎖，在裡面發現曾曾曾叔公卜卦的筆記，然後，事情就發生了……

爸媽出事後，我曾經怨恨過曾曾曾叔公，也怨恨過麒麟，怨恨他們為什麼要這樣對我爸媽，爸媽明明一次都沒有說過他們的壞話。

其實，我最恨的是我自己。

頭七那天，守護神第一次出現在我的夢裡，詳細的情形我已經忘了，只記得自己不斷哭著質問祂爲什麼不保護我爸媽？

祂說：「干我屁事？」

守護神說祂是神，但不是我的守護神，不過可以勉強守護我一下。

那時候我未成年，二叔和阿姨搶著要我的撫養權，得到父親名下的祖宅和土地後，就想把我從家中趕出去。他們認定我一定受到詛咒，朝我潑水要我快點走，後來是守護神跑到他們夢裡嚇嚇他們，他們才不敢再爲難我。

守護神陪我度過了那段最艱難的時光，祂每晚都會到我夢裡陪我說話，祂不常開口，總是認眞聆聽，讓我覺得活著不再那麼愧疚和難熬。

在夢裡祂和我之間隔著一層薄霧，祂的模樣在我眼中雖模糊不清，卻隱約能見諾大的身形和收斂在背後的翅膀。

我知道，祂就是麒麟，守護著林家的麒麟。

我在祖宅四處走走逛逛，記憶中熟悉的擺設、牆上被我畫過的塗鴉……逐漸喚起我的記憶，直到一股香氣把我喚回現實。

嗯？怎麼會有草莓蛋糕的味道？

我順著味道往左走，不知不覺走到某間廂房，廂房的木門被風吹開，正咿呀咿呀地響。

我走進廂房，只見中間有一張乾淨的木製圓桌，圓桌上放著一個三層草莓鮮奶油蛋糕！

這裡怎麼會有個蛋糕？！

我忍不住嚥了口唾沫，肚子咕嚕咕嚕叫了起來。要是平常我早不客氣了，但現在情況明顯不對勁，一個無人居住的古宅裡面有一個新鮮的草莓鮮奶油蛋糕，這絕對有鬼吧？

我揉了揉眼睛，想確定這不是幻覺。

然而，草莓鮮奶油蛋糕依然在眼前，鮮甜的模樣令人垂涎欲滴，我決定不要辜負它的美味，就算要死也不要做餓死鬼！

正當我準備動手的時候，忽然一陣強風把周圍的物品吹散，一疊紙被吹落在地，我撿起一看——竟然是曾曾曾叔公的筆記。

曾曾曾叔公的字跡曾經深刻地烙印在我的腦海裡，因爲他的字跡很特別，特別地醜，大概就像閉著眼睛寫字的感覺，所以我很確定這就是他的筆記。

曾曾曾叔公的筆記怎麼會在這裡？

我左顧右盼，後知後覺地發現，這是那個上鎖的廂房，也就是曾曾曾叔公的房間。

就在這時，莫名又吹起一股強風，把滿地的紙吹出門外。我緊張地跑出去撿，紙張卻越吹越遠，直往山裡去，奇怪的是，我發現不遠處的路上也有幾張紙，一路延續到山中。

就像是有誰指引著我往那裡去。

我一邊撿，一邊思考著這究竟是怎麼回事，雖然從小到大我遇過不少光怪陸離的事，可這一切還是讓我困惑不已。

走著走著，我來到一棟獨立別墅前。

這座別墅不算大，大約只有兩層樓高，周圍有個小花園。

奇怪？這裡什麼時候有一棟別墅？

在我茫然之際，面前的紙又被強風吹走，飛過了小花園，落進別墅敞開的窗戶。

我在外頭跳來跳去，想看窗戶裡有沒有人。

最終我沒有看見半個人影，也沒聽見任何聲音。

無奈之下我只好去按電鈴，但按了半天都沒人應門。

看來別墅的主人不在家，不過窗戶是開的，代表這裡應該有住人吧，主人可能只是暫時離開。

我環顧四周，想看看主人在不在附近，結果還沒看到人，先聞到一股烤肉香，原本就飢腸轆轆的我立刻被吸引過去。

我循著香氣往森林裡走，很快走到一座湖邊，眼前有一張躺椅和烤肉架，烤肉架猶冒熱氣，桌上有幾瓶打開的香檳，看起來相當愜意。

我驚喜地走向前……沒想到，這一切都是陷阱。

「嘩啦嘩啦——」湖泊掀起巨大的漣漪，黑色的生物從水底下浮出，甩了甩頭，金色的眼珠對上我的眼睛。

是一隻龍。

湖裡有一隻龍？！

我瞠大眼睛，張著嘴卻發不出驚叫。

所以剛才那些烤肉是餌嗎？我是被釣到的獵物嗎？龍會吃人嗎？

我怕得拚命打哆嗦，內心告訴自己必須逃跑，身體卻動彈不得。

龍忽然張開血盆大口，說道：「林西西。」

我愣了愣。

咦？這隻龍怎麼會知道我的名字？不對，龍會說話？

等等，不對、不對！這隻龍的聲音怎麼這麼耳熟？這、這不是老闆的聲音嗎？！

「你、你你你！」我震驚地指著龍。

龍從湖裡走出來，爪子拂了拂身體，把水弄乾淨。

直到龍走近，我才發現他的體型比我想像中還要大，足足比我大了四、五倍，我得仰頭才能對上他的視線。

然而此時我已顧不得恐懼，憤怒地指著巨龍喊：「你吃了我們老闆？！快把老闆還來！」

我一把抓起烤肉架上的叉子要和他拚命，如果他不吐出來，我就準備動手剖腹了！

巨龍一臉無奈，然後道：「我是龍棠。」

「我知道你是龍……咦？龍棠？」

巨龍嘆了口氣，四周揚起一陣薄霧，接著巨龍的身形迅速縮小，最後化成人形。

眼前的男人擁有的外貌、身材，和老闆一模一樣。

我們的老闆……是一隻龍？

我眼前一黑，當場昏厥過去。

我做了一個夢，夢裡我看見了守護神。

守護神一如既往收起翅膀，蹲坐在我身邊。

「守護神，我今天看見祢的同類了。」

「同類？」

「是啊，我今天看見龍了，祢不是麒麟嗎？麒麟就是東方龍——」

「我不是麒麟。」

「啊？」

我從小到大一直認定祂就是麒麟，現在才得知原來祂不是？！

「我是龍，西方龍。」

「等等、守護神，祢怎麼會是西方的？我們家信的不是佛道教嗎？」

「那是你們家，不是我家。」

「……守護神，祢今天一樣很毒舌。」

「我說了，我不是你的守護神。而且，你不覺得我很眼熟？」

我茫然地瞇起眼，仔細一瞧，守護神一直以來模糊的身影漸漸清晰，祂的輪廓……正是我在湖邊看到的那隻龍。

「西西……林西西！」

我猛然從夢中驚醒，坐起身，發現自己躺在沙發上，老闆坐在一旁。

老闆是一如往常的模樣，不是龍，也不是守護神，只是個普通的男性。

我頓時鬆了一大口氣，驚魂未定地說：「哈、哈哈，我做了好恐怖的夢！老闆，我夢到你變成一隻龍，而且還是我的守護神，哈哈，眞是奇怪的夢，對吧？」

老闆遲遲沒有說話，我這才發現自己身在剛才那棟別墅裡，茶几上整整齊齊地擺放著曾曾曾叔公的筆記。

我打量周遭，牆上全是我和老闆泛黃的黑白合照——不，應該說，照片上是一個和我模樣十分相似的人，只是比我瘦弱許多，身上穿著道袍。

「你不是做夢。」

老闆從書架上抽出一本破舊的筆記，扔到我身上。

「你寫的日記。」老闆停頓一下，又說：「正確來說，是前世的你寫的日記。」

我呆呆地抓著筆記，一時不知該作何反應。

「你說，林家每百年會出現一個名爲『西』的人，其中一個就是你的轉世，如果某天『你』找到這個地方，代表時機已到，你要我拿這本書給『你』。」

老闆的話字字清晰、條理分明，可我還是難以理解。

畢竟，就算我會卜卦，也想不到世界上有這麼玄幻的事啊！

我還沒掀開筆記，裡頭先掉出一張紙，我撿起紙條時，不經意發現這是一封寫給我的信——

林西西：

對你而言我可能是曾曾曾叔公，不過我就是你，或許該說，你的前世。

我知道，你一時難以接受，但想必你已經看過我刻意留在祖宅的筆記，明白自己身上確實有些不凡的能力，你看完這本日記便能理解我說的一切。

凡事不必追悔，命運早已注定。

附註：不用怕，龍棠是隻好麒麟。

我下意識脫口而出：「對嘛，我就說你是麒麟啊！」

「我不是麒麟，我是龍。」

「麒麟，所以我現在應該叫你守護神還是老闆呀？」

「你現在應該先給我聽話。」

「還是龍棠？我可以叫你龍棠嗎？」

「閉嘴，不准叫我。」

我忽然想到一件事：「啊，龍棠，你在我小時候，就已經認出我是曾曾曾叔公的轉世了嗎？」

雖然這些事玄虛得讓人難以置信，可我的確親眼看見老闆變成龍，再加上夢中出現的守護神，現在又有了曾曾曾叔公的筆記，一切都讓我不得不接受。

龍棠眼神鄙睨，「你們長得一模一樣，我能不認得？」

我瞪圓眼睛，不敢置信地指著他，「那你第一次見面還想把無家可歸的我趕出公寓！你不是我的守護神嗎？」

「後來不是讓你住了？還有，我最後再強調一次，我是龍，人間最尊貴的存在，不是你們人類的守護神。」

「不對啊，我們第一次見面應該是在面試的時候吧？你看到我難道一點都不驚訝嗎？」

我記得當時龍棠一點反應都沒有，而且不到三秒就叫我離開，一句話都沒跟我說！

龍棠沒好氣地說：「你還沒進門，我已經知道是你了。」

我歪了歪頭，「因爲履歷上的照片？」

「因爲龍會讀心，包括人類腦中的記憶。」

我張大嘴，「眞的嗎？」

「我說了，龍是人間最尊貴的存在，你們的心思無法瞞過我的眼睛。」

「所以你是怎麼認出我的？」

「你還沒進門，我遠遠就聽到你的內心戲。你是唯一一個來我的公司就只爲了吃的人，難道我的公司對你而言只有員工餐廳具有吸引力？」

「哎、哎呀，沒有啦！總而言之，原來是這樣哦，難怪你面試只看臉，因爲你一眼就知道面試者是什麼人了嘛！」

「臉比嘴誠實。」

跟龍棠聊著聊著，我緊繃的情緒漸漸緩和下來，不知不覺接受了事實。

或許是這些年我和龍棠日夜相伴，關係比家人更親，所以無論他說什麼，我都會相信。

我翻開曾曾曾叔公的筆記，這才徹底明白當年事情的全貌。

故事確實和父親說得一樣，曾曾曾叔公是個相當厲害的神算，只是父親沒有說，曾曾曾叔公是被林家逐出家門的棄子。

林家當年以皇儲的身分為傲，雖被皇帝打壓，仍一心盼望子孫魚躍龍門，有朝一日能回歸朝廷，因此舉家遷徙到龍林。

傳聞龍林有麒麟，他們希望能藉由麒麟的祥瑞之氣，讓林家再現威風。

就在林家遷移到龍林的第一年，林家二當家原本遲遲無法懷有身孕的五姨太，居然意外懷了胎。

這是林家在龍林的第一胎，被認為是吉祥之兆，是受到麒麟祝福的孩子，他們甚至封他為「龍子」。

五姨太原先被二當家冷落已久，險些被休，如今突然風光起來，惹得眾多妻妾妒忌。老爺和老太太一改臉色，對五姨太殷勤款待，總說她肚子裡的孩子將會改變林家的命運。

他們還遠赴千里，請來遠近馳名的相士賢善大師，替五姨太挑選生子的良辰吉日，也替孩子算算生辰八字。

大師看著五姨太隆起的肚腹，臉上無悲也無喜，只道出一句：「目不能視，知不能言，西有何辜，死有餘辜。」

這怎麼聽都不是好話，尤其最後一句特別重。老爺和老太太無法接受，質問大師：「大師啊，我們這個可是麒麟之子，您這麼說多不吉利，這孩子難道是個死胎？」

大師拱手作揖，「『死』字並非指子，『西』字才是。」

大師的話深奧難辨，然而不管他們怎麼問，大師都不肯再透露更多，說完這句話便離開了。

由於大師說「西」指的是孩子，於是他們決定將孩子命名為「西」，但由於發音和「死」相近，實屬不吉利，於是用了疊字，名為「西西」。

在林家長輩引頸期盼之下，林西西誕生了。

或許是林西西注定不凡，他的生產過程極為艱難，五姨太險些難產，幸好最後救了回來。眾人還未能鬆口氣，林西西睜眼的那一刻，他們明白了大師所言的第一句話——目不能視。

林西西是個盲人。

盲人注定讀不了書、做不了官，如此一來，談何振興林家，回歸朝廷？

二當家勃然大怒，認定五姨太爲婦不潔，導致生出畸形兒，因而將五姨太再次打入冷房。

然而，被放養的林西西相當爭氣，三個月後，他竟學會開口說話。

大多孩童一至三歲才懂得說話，林家從未出現過如此早慧的孩子，可林西西開口說的字詞是「婆婆」、「死」。

當晚，老太太心臟疾病併發，急病驟逝。

大師所說的第二句話成眞了——知不能言。

林西西開口說話，就是詛咒。

林家恐懼極了，命令下人看管林西西，林西西從此被禁言，並且和五姨太一起關進糧倉的暗房，說是要懲罰妖婦和妖魔之子。他們白天不得在祖宅活動，也不得任意出現在人群面前。

林西西先天眼盲，早已習慣昏暗，可五姨太不同，剛住進的第一個月，五姨太就試圖自戕。畢竟大部分的人也無法忍受過著見不得人的日子，且在昏天暗地的房間度過餘生。

五姨太不被允許自我了斷，以免壞了林家的風水，亦不能離開林家，以免壞了林家的名聲。於是二當家將五姨太毒打一頓，並且捆綁起來，彷彿她是受刑的囚犯。

日以繼夜的酷刑讓五姨太眼神失去光彩，二當家見她漸漸不再反抗，才將她鬆綁。

對於大人的一切懵懵懂懂的林西西逐漸長大，到了五歲，他已經學會給失去求生意志的母親餵飯。

儘管環境如此不堪，林西西依舊爭氣，隨著歲月流逝，他逐漸懂事，努力想讓自己和母親被林家認同，證明自己並非妖魔之子。

林西西雖然盲眼，卻在他處展現出驚人的天賦，詩書圖畫樣樣行，雖然字寫得醜，畫得圖倒是很傳神，彷彿親眼所見。

到了十歲，他告訴母親，自己會卜卦，能用心眼看見這個世界，甚至也能看見無形的事物。

縱使卜卦會折壽，但林西西知道這是他們唯一被林家認同的機會，於是他竭盡所能用這份能力守護林家，預測林家近十年來的興衰。

林西西準備了一個長達百尺的捲軸，從頭開始畫，首先畫的是賢善大師的容顏，以及大師留下的那句話——目不能視，知不能言，西有何辜，死有餘辜。

接著畫嬰孩的出生、二當家再一次報官失利、老太太逝世……林家所遭遇的大事躍然於紙上。

然而，沒等他畫出未來將要發生的事，幾年來鮮少有人進入的暗房忽然被闖入，為首的下人對著他顫抖地大喊：「大少爺！您、您看！他畫的大師和當、當年長得一模一樣！這是他出生以前的事，他、他怎麼可能會知道？更別提他還是個瞎子！」

「妖孽！快說，你究竟是何方妖魔？」二哥搶走林西西繪製的捲軸，激動地說：「大哥！你看他畫的都是些什麼東西！他在詛咒我們林家！奶奶會死也是因為他的詛咒！」

賢善大師的最後一句話應驗了——西有何辜，死有餘辜。

「妖魔！他絕對是妖魔！大師當年就是在警告我們，他哪裡無辜？他根本罪孽深重，死也應該！」

後來，林西西被逐出家門，由於忌諱他下咒報復，便將他丟棄在荒山野嶺中任他自生自滅。

那時正值十二月寒冬，目不能識且饑寒受凍的他原本應該撐不過三日，但他在山裡遇見了麒麟。

他想，他這一輩子大概就是爲了這一刻的相遇，這就是他存在的意義。

林西西原本打算收服麒麟，帶回林家做守護神，那麼林家肯定會重新接納他和母親。無奈麒麟神通廣大，僅憑他一己之力根本無法動搖麒麟半分，最後反倒是麒麟收留他，讓他住在山裡，給他棲身之所。

活下來的他依舊堅持完成自己的使命，守住了這片土地，使林家免於遭受滅門之災。

林家儘管依舊畏懼他，仍重新接納了他，他的母親也不必再遭罪。

他得償所願，此生足矣。

我翻到日記的最後一頁，曾曾曾叔公寫道：「西西，和麒麟一起守護這片土地，這本筆記要繼續傳承下去，縱使生死別離，也有新的西西。」

日記只記錄到這裡，我看得鼻酸。

曾曾曾叔公終其一生都在追求林家的認同，明明血緣相同，卻要拚命證明自己的價值才能被接受。

我能明白曾曾曾叔公的心情，不被唯一的親人接受，成天看他人的臉色，這是沒有盡頭的折磨。只是我沒有曾曾曾叔公那麼寬闊的胸襟，在這種情況下還能報效林家，我能選擇的就是逃離而已。

我擤了擤鼻子，對龍棠說：「想不到你不只給我家，也給了曾曾曾叔公一個家啊，你眞的是一隻很好的麒麟！不過，日記後半段怎麼這麼短？曾曾曾叔公後來怎麼了呀？」

龍棠斂下眼眸，「沒怎麼了，人類壽命太短了。」

我忍不住吐槽：「跟你比誰都短命吧？」

龍棠只是自嘲一笑，什麼也沒說。

後來我才知道，我當時根本沒有讀懂他眼神裡的含義。

「話說回來，你堂堂一隻麒麟，爲什麼要來城市工作啊？照曾曾曾叔公的說法，你之前不是都住在深山裡嗎？」

「深山收訊太差，而且沒有網路。」

我驚呼：「你一隻龍還想上網？」

龍棠雙手抱臂，一臉理所當然，「龍不能覺得無聊？」

我想了想，點點頭，「也是，你活這麼久，肯定很無聊。」

「龍棠，就算我會占卜，也只是半吊子，沒辦法像曾曾曾叔公那樣通曉古今，以他那種以天下爲己任的個性，該不會奢望我拯救世界吧？」我一臉苦惱。

龍棠頓了下，摸了摸我的腦袋，「其實他跟你一樣懶惰，只是被環境所逼。現在時代不同了，如果他還活著，應該也會想每天賴在沙發上看電視、滑手機吧。」

「我就是這麼懶惰！所以不管我是不是曾曾曾叔公的轉世，根本不重要，對吧？」

龍棠靜了一會，笑著搖頭，「確實不重要。」

「就是說嘛！那我們來說另一件更重要的事。」

「嗯？」

「我從剛才就想問，我能吃外面烤肉架上的那些肉嗎？」

「那是我的晚餐。」

「也可以是我的晚餐啊！」

龍棠無語。

我們大眼瞪小眼。

龍棠：「我不給你吃是不是顯得很不人道？」

我拚命點頭。

龍棠頷首，「嗯，我就不是人。」

職場上常聽人家說「老闆不是人」，此刻的我比任何時候更同意這句話。

我是一個普通員工，某天發現我們姓龍的老闆，眞的是一隻龍。

番外

我是西方龍，有個白痴道士想收服我

我是一隻龍。

宇宙說我是最原始且尊貴的存在，當第一批人類文明誕生時，他們將我繪製於石板上，而後圖形漸漸衍生成文字，我被稱呼爲「龍」。

某天我遇上一個神棍，他說：「所有的龍都叫龍，我怎麼知道祢是哪隻龍？任何生命都必須有個名字才顯得獨一無二！」

我沒告訴他，從我有記憶以來，世界上就只有我一隻龍。

「我算了算，祢命中缺糖，就叫龍糖吧。」

「先不提你區區一個人類敢算龍的八字，我只聽過命中缺水，沒聽過命中缺糖，神棍。」

「哎，這祢就不懂了，我掐指一算，祢命中缺乏幸福、甜蜜和滿足，結合這三項要素，不就是『糖』嗎？」神棍隨手捻起一旁海棠樹上的紅花，「不然這樣，祢嫌『糖』字不夠大器，就叫『棠』吧。」

神棍無視我的意願，總是「龍棠、龍棠」地喊，我始終沒當一回事，最後卻不得不說神棍說對了，龍的一生注定不得擁有幸福、甜蜜和滿足。

在失去神棍以後，百年來我一直都叫龍棠，等著他回來找我。

宇宙告訴我，龍是淩駕萬物之上的主宰，龍和人類注定無法共存。

然而宇宙沒告訴我，如果他對我而言不只是人類，該怎麼辦。

我永遠記得第一次見到神棍那天的場景。

我的洞窟位於遠離人群的山林最深處，雖陽光充裕，泥土富饒，但地形險峻，數百年來就連居住在山林的動物也鮮少踏足。

這天早晨我維持著良好的生活品質，聽著潺潺溪流聲，坐在湖邊享用自製的醃肉。

直到樹林傳來騷動，打破了寧靜。

草叢裡竄出一個枯瘦的人類，撲向我的醃肉，用他骯髒的鼻子東聞西聞。

那個人類身形比一般成人瘦弱，雙眼無神，眼睛不能視物，乍看之下我還以為他是殭屍。

人類很快注意到我，漫無焦距的雙眼朝向我這邊，他愣了愣，「麒麟？」

我以為他看不見，想不到居然開了天眼。

我所知的麒麟是東方人信奉的神獸，頭部像龍，身形像鹿。這個人類恐怕是天眼沒開透，將我的長相誤認為麒麟。

我可比麒麟還要帥得多了。

人類一面把我的醃肉往嘴裡塞，一面驚恐道：「這些是誘餌嗎？祢是不是想吃我？我該不會是被你釣到的獵物？」

那你還拚命吃？

我不悅地說：「你吃的是我的早餐。」

「原來如此，這樣我就放心了。」人類拚命吃個不停。

我「砰」的一聲把龍尾甩到人類面前，沉聲說：「人類，我有准許你動我的食物嗎？」

人類慌張地說：「麒麟，抱歉、抱歉，我已經餓好幾天了，祢身爲龍林的守護神，請照看一下祢的子民吧！」

「我不是麒麟，也不是你們的守護神。」

「祢一臉麒麟樣，還說不是麒麟，是不是想推卸責任？」

「你！」區區一個人類，居然敢質疑我。

這是我第一次遇到如此膽大的生物，畢竟就連遠古恐龍都對我敬畏三分，難道這個人類以爲自己看不見，就能無視我的威嚴？

「人類，你不怕我？」

「我堂堂林家子弟，怎麼會怕祢？」

我嗤之以鼻，「林家？聽都沒聽過。」

「好啊！我們林家信奉麒麟這麼多年，那些珍貴的貢品都餵到哪裡去了？我要收服祢這隻麒麟，帶回本家做守護神！如此一來，本家一定就會讓我回去！」

人類撿起地上的樹枝，圍著我畫符念咒，看起來挺有一回事，但實際上除了念得我心煩以外，對我毫無作用。

人類震驚道：「爲、爲什麼，我的必降神魔法術對祢沒用？」

「……我不是神魔，我是龍。」

龍跟神魔都分不清楚，這個人類是哪門子神棍？

神棍歪了歪頭，「龍？」

「我是西方龍，你們東方的法術對我沒用。」

神棍似乎不明白我的意思，碎碎念著：「明明就住在東方，還說什麼自己是西方龍，這隻麒麟怎麼這麼崇洋媚外……」

我不禁感到一陣無語。

「對了！那這樣呢？」神棍靈機一動，又圍著我念了一串咒術，吵得我頭殼欲裂。

我不再忍讓，將他一掌按在掌下，決定給這個不知好歹的神棍一點教訓。

神棍驚慌失措地在我的掌間掙扎，卻怎麼也無法掙脫，我看他身體瑟瑟發抖，想著他終於知道怕了。

我居高臨下地睨著他，「我是世上最尊貴的龍，你該不會認爲隨便幾句胡言亂語就能收服我？」

神棍一頓，忽然更激烈地反抗，甚至用牙齒咬我的爪子。

我沒料到他膽子竟然這麼大，加上被骯髒的人類咬了不知道有沒有病毒，我立刻收回手。

神棍激動地說：「什麼胡言亂語！祢侮辱我們的信仰！我要跟祢拚命！」

你才侮辱我了。

後來，神棍鍥而不捨地跟著我，甚至大言不慚說知道我家住哪，擺明了「沒收服我絕不離開」的態度。

第一次遇到如此厚臉皮的人類，他以爲自己瞎了就可以無視我的霸王之氣？更別提他還像隻老鼠成天往我的洞窟鑽，偷喝我釀造百年的美酒和曬了足七七四十九天的臘肉！

我氣得巴不得將他碎屍萬段，可惜人類並不是龍的食物，宇宙曾經告訴我，高等生命與低等生命最大的差別就是理性。

即使食草食肉，也是生存所需，在宇宙法則之外，絕不做額外的殺生。

我不是沒想過搬去其他地點築居，但這是我千年來的巢穴，是經過精心挑選的福地，良辰美景樣樣不少，加上現在人類社會快速發展，四處都是低等的人類，所剩的淨土不多。更何況，我堂堂一隻尊貴的龍被人類趕跑，面子往哪擺？

說實話，要處置那個人類的方法有百百種，不過正好最近日子無聊，把他留下來作爲消遣也無妨。

三天後，我將所有食物放置在懸崖高處，人類沒有翅膀，到不了那個地方。

我蹲坐在懸崖邊緣，看著神棍拚命地往懸崖上爬，又一次次往下滑，弄得灰頭土臉。

我一面享用著美食佳餚，一面欣賞神棍耍猴戲，心裡估算著他多久會放棄，回到人類的居所。

神棍意外地堅持不少天，只是他日漸削瘦，體力不支，最後連爬上來的力氣都沒有了。

我看神棍倒在地上奄奄一息，不解地飛到他身邊，用爪子撥弄他的身體，

「神棍，你都快沒氣了，還不回去？」

不是說求生是人類的本能嗎？都餓成這樣了，還不離開？難道他爲了收服

我，連命都不要了？

神棍氣若游絲地說：「回去……哪裡……」

「怎麼來的怎麼回去。」

「哈……」神棍意識朦朧，忽然笑了，眼角流下一行淚，「我不知道……怎麼來的……他們……不要我了……」

我搔了搔腦袋，原來這個人類被拋棄了啊。

人類從誕生之初就是群居動物，明明地這麼大，可以各執一方，偏偏要造個部落聚在一起，聚在一起後又要爭奪地盤，最後再分割領土，分分合合……他們大概是太閒了沒事幹。

人類之間相互吸引，又相互排斥，我見過無數例子，早已司空見慣，但我仍不能理解神棍的所做所爲。

我好奇地問：「神棍，你堅持收服我的理由是什麼？你跟其他人類處不好，還說要把我帶回去當他們的守護神？」

該不會是唬我的吧，叫我醃了他們還差不多。

神棍昏昏沉沉，用盡最後的力氣，隔了半天才回覆，「我不是，妖魔之子……老天有話，要我帶給林家……祂曾用天眼……讓我看見……」

話沒說完，神棍就嚥下最後一口氣，接著他臉色迅速發白，失去血色。

我怔然。

看見什麼？億萬年來我見過許多場景，從未見過不解之謎，但神棍隨口一句話，竟然留下了永遠的疑問。

我不容許這個結果，便掐開他的嘴，吐出龍珠擬化的氣息，補足他最後一口氣。

本來我是想讓他說完最後一句再走，不過因爲我沒給人類補過氣，不小心補得太多，這口氣足以讓他多活一百年。可龍珠擬化氣息需要萬年，後來在他臨終前，我無法再做第二次，所以我很後悔當初這麼做。

在給神棍補氣的時候，我碰觸到他後腦的靈根，不經意讀到了他腦中的記憶。

龍可以讀取任何生命體的記憶，我一般不會這麼做，我對其他生命體微不足道的記憶毫無興趣，因爲那就像被迫看一場無聊的話劇。

然而，神棍的記憶和他一樣無禮，毫無預兆地闖入我的腦海裡。

十一月二十三號，林家誕生了一個男嬰，名爲林西西。

林西西備受期待，林家盼他鴻圖大展，入朝爲官，不料他一出生就全盲。

他的母親是不受寵愛的偏房，本以爲生了男嬰可以讓她上位，卻反而讓她更被所有人嘲笑和厭惡。

母親仗著他看不見，時常在洗澡時拿燒開的水燙他，或是故意絆倒他，甚至在他的碗裡加上玻璃和碎石，也會對著他又打又罵：「爲了生你這個廢物，害我差點往生！你是來剋我的吧？沒用的東西！」

後來林西西啓發了算命的天賦，算出老太太病逝。眾人卻將罪名安在林西西身上，將他與母親關在一起，使得母親對他的虐待加劇，而後他的記憶也幾乎都與母親有關。

就這樣度過整整十年，林西西從未說過母親半點不是，就連後來他寫的日記，也對母親的虐待隻字未提，所有事情皆輕描淡寫帶過。

變故發生在他十歲生日那天。

林西西夢見散發著金光的神明，神明讓他見到林家受盡滄桑、家破人亡，龍林更是成了一片焦土，四處生靈塗炭。

林西西驚醒，認爲神明是想藉由他來警醒眾生，也是這時，他明白了自己自幼擁有天眼，爲的就是這一刻。

林西西明知預言會折壽，卻仍準備了大幅畫紙，打算一口氣畫下林家近十年發生的大事。因爲神明展現給他的場景，暗示了龍林百姓的存亡和林家息息相關。

母親看見他畫的圖，捲軸上大師的模樣宛若當年，頓時大爲驚恐，並質問他：「這是你出生以前的事，你怎麼會知道？更別提你還是個瞎子！」

「母親，之前跟您說過的，我會卜卦，我能算到林家……」

「你這個孽種，跟你說過多少遍，不准叫我母親！叫我林太太！」

林西西不敢再喊，只是默默地畫圖，就連母親是什麼時候離開房間都不曉得。

沒多久，從未有人踏足的暗房闖進了一群人，下人指著他喊：「大少爺！您、您看！他畫的大師和當、當年長得一模一樣！這是他出生以前的事，他、他怎麼可能會知道？更別提他還是個瞎子！」

他說的話，和母親如出一轍。

很快的，林家宅邸四處都謠傳他是妖魔之子。傳言越演越烈，林西西早已習慣被如此對待，只是他不明白，母親爲何要讓下人放出這樣的消息，這麼做只會使她在林家受到的待遇更雪上加霜。

他第一次含著淚，主動問母親：「您爲什麼這麼做？」

母親看都不看他一眼，「九年前他們不讓我死，九年後終於讓我逮到機會！我寧可身敗名裂、寧可死，也一秒都不想再和你待在這個破屋子裡！」

這時他才知道，原來母親如此恨他。

當晚，大當家出手了，下令將林西西逐出家門。

雖然他們因爲忌憚林西西，遲遲不敢對他出手，但如今風聲傳遍龍林，爲了避免敗壞門風，大當家仍命人趁夜將他從房裡拖出來。

在離開前，林西西聽見母親笑了。

他們將他丟棄在深山。

他盲眼，不認得路，不僅如此，山路險峻，不小心就會跌落山谷。他愣愣地坐在地上，在刺骨的寒風中坐了一夜，茫然地就像剛出生的孩子。

他知道，不會有人來找他，他會在這裡因爲飢寒而死，或者成爲野獸的食物。

林西西曾經一度閃過一個念頭，或許一死了之，自己便不用再受苦。然而隔天早上，他爬起身，撿起地上的樹枝，開始探路。

他消沉了一夜，然後重新振作，因爲他知道，自己還背負著神明賦予他的使命——守護龍林和林家。

或許有人會嘲笑他，林家不要他，他爲何巴著不放？可這是他出生便刻在骨子裡的志向，他要證明自己是可用之才，不是掃把星。

如果他現在放棄，那麼他一輩子就注定是個棄子；如果他不放棄，必然還有機會證明自己。

母親生他不易，他只想證明自己的一生有所意義。

林西西感受著陽光的方位和溪流聲，一步步往前走，他想陽光充沛、水源充足的地方必然有食物。

他走了很久，一路上累了就睡在樹下，用落葉鋪蓋在身上，一方面避寒，另一方面遮掩氣味，避免被野獸襲擊，餓了就摘路上的野果充飢。幸好他已經習慣飢餓，還有力氣繼續走下去。

不知走了多少天，他聞到一股令人垂涎三尺的肉香。

林西西又驚又喜，朝肉香味狂奔，他終於找到有人居住的地方了！

穿過一片海棠樹，溫暖的陽光撲面而來，溪流聲潺潺不絕，林西西撲向久違的食物。由於太過飢餓，他過了好一會，才後知後覺地發現面前的龐然大物。

在昏暗不明的視線中，林西西隱約看見一道散發金光的模糊身形，龐大而威嚴，模樣像是龍頭獸身……莫非，這就是傳說中的麒麟！

林西西心中的喜悅大過於驚嚇，因爲他老早就聽說龍林有麒麟坐鎮。

林家自古信奉麒麟，若他能將麒麟帶回林家，林家肯定能東山再起！

他想，他這一輩子大概就是爲了這一刻的相遇，這就是他存在的意義。

林西西的記憶不長，短短幾秒便結束了，大多片段都是在黑暗和壓抑中度過。

縱使我有著冷血的性格，都不禁感到一瞬間的憐憫。

這個神棍是傻子吧？比起林家，這個神棍才更需要守護神吧？

龍的氣息遍布神棍全身，神棍的臉色逐漸恢復紅潤，他睜開眼，又精神抖擻地說要收服我，渾然不知自己剛才死過一回。

我按著神棍的腦袋，不知是否是因為神棍沾染了龍的氣味，我鬼使神差地把食物朝他推了過去，神棍立刻津津有味地吃起來。

看他吃得歡快，我莫名覺得想笑，我的龍生還不曾有過這種情緒。

莫非這就是人類飼養貓狗的心情？

或許，早在我刻意把食物放在高處的那時候，就已經覺得逗他很有意思了。

我開始飼養起人類，不定時扔食物給他、在洞窟門口給他鋪草蓆。

神棍對於我的餽贈照單全收，活力十足地圍著我團團轉，雖然大多時候都在說要收服我。

我心中覺得好笑，到底是誰收服誰？

習慣了寵物的吵鬧，我偶爾甚至覺得他的說話聲和鳥鳴聲一樣動聽。

不過神棍也不是成天都很吵鬧，有時也會安靜地在紙上塗塗抹抹。

我一時興起關心他，才知道他隨身帶著一本冊子，每天都會持之以恆地寫日記。

「你一個瞎子，寫什麼日記？」

「如果我死了，希望有人記得我啊！」

我不能理解神棍的想法，何須被人記得？

某天，神棍整天都沒來煩我，坐在洞窟門口盯著他的日記本，顯得悶悶不樂，我大發慈悲地問他怎麼回事。

他說：「筆用完了。」

我垂眸看向神棍漆黑的指尖，炭筆只剩下粉末，記得上次看到他的記憶，林家連枝筆都不肯給他，這隻炭筆是他用家裡丟棄的斷柴自己燒的。

龍會製火和調節四周溫度，所以我不曾燒過柴，洞窟裡更不可能出現木柴這種窮酸又落後的東西。

看著神棍呆坐在洞口，我不以爲意。

隔天，我突發奇想化爲人形，去城裡買點心，順路看到一間書法用品店，裡頭擺著一隻上等的狼毫筆，售價只要幾個金子，我順手買下。

我把筆和墨水扔到神棍面前，神棍驚喜不已，甚至紅了眼眶，不停摸著筆，激動地說：「我從沒摸過眞正的筆，原來筆桿這麼光滑，毛這麼柔軟……」

我冷哼一聲，摸摸鼻子，想著他眞是個沒見過世面的神棍。

當晚神棍又恢復活蹦亂跳，拿著他新得到的筆沾沾寫寫。

我湊過去看他寫了什麼，想知道他有沒有誇我。結果一看，才發現神棍從出生以來用的都是硬質筆，所以，他不會用毛筆。

原本就奇醜無比的字跡，如今更是像鬼畫符，簡直糟蹋我的筆。

我看不下去，握住他的手，「別亂動，跟著我。」

神棍訝異道：「麒麟，祢也會寫書法？」

我挑眉，「人類都能學會的東西，憑什麼我不會？」

神棍一聽，燦爛地笑了，「太好了，麒麟，我還擔心祢沒有同類呢，這樣祢也可以寫一寫自己的日記，不怕以後沒人記得祢了！」

我動作停滯，「不需要，我壽命無疆。」

「可是……」

我皺眉，說了早就想說的話：「倒是你，爲什麼一直希望被人記得？難道沒別人肯定，你就活不下去嗎？」

神棍沒有焦距的眼眸望著我，臉上沒有半點惱怒，相反地，他笑容很溫和，「麒麟，在祢看來，每個人類都是一樣的吧？」

確實，人類不都那樣，長得也差不多。

神棍說：「但對我而言，每個人都是特別的，所以都應該被珍惜，被好好對待。我希望能讓後來的人知道，世界上曾經出現一個被認爲無用，卻沒有放棄的人。我想讓他們看見，堅持到最後終會有善報，就像我遇見了祢，對吧？」

我沉默。

神棍繼續認眞地練習書法，一筆一畫寫出自己的名字。

我注視著神棍，對他說道：「你知道吧？龍的記性很好。」

神棍專注地寫字，突然被我一問，「嗯」了一聲。

「所以，就算你不寫日記，我也會記得你。」

神棍頓住，仰頭看我，我明知他看不見，依然不自在地挪開目光。

「咳，就算我沒刻意去記，一樣忘不掉，龍的記性就是這麼好，我有什麼辦法？」

神棍噗哧一聲笑了，「麒麟，祢也來寫寫日記嘛！像祢這麼好的麒麟，沒人記得怎麼行？」

「誰說沒人記得我？」我撈起神棍，帶著他飛進洞窟深處。

神棍頭一次被我帶著飛，嚇得驚慌失措，我忍不住笑了起來。

這座洞窟很深，最底處位在湖泊的正下方，是一片布滿七彩水晶的洞穴。這裡在遠古時期曾經是雅爾文明的聖地，雅爾人就住在洞窟上方的湖泊周圍，保護著這塊寶地。

雅爾人以龍爲主神，視湖泊爲聖湖，傳說聖湖底下有龍的寶物，所以他們居住於此，守護著寶物。

由於聖湖神聖不可侵犯，他們從未探究過湖底下究竟有什麼，因此他們從沒見過我，也不知道我的確就住在湖底下的山洞。

我偶爾會在他們沒注意的時候，吃一吃他們供奉的金蘋果，以讚許他們的忠誠。

某一年他們換了族長，新任族長不知哪來的點子，把部落裡未成年的少女推入湖中，說是要將聖女進貢於我，稱之爲「龍妾」。

他哪根筋覺得我會對比我低等的人類感興趣？更別提對方還是個未成年，這年紀差距簡直就是老人看上卵子，當我變態不成？

我直接掀起水波，將少女推回湖邊，雅爾人見到平靜的湖泊竟然掀起滔天巨浪，紛紛下跪高喊龍神息怒，從今以後再也沒人敢將活物推入湖裡。

如今雅爾文明已沒落，湖泊也被山林包圍，隱沒在深山之中，看似消失，但其實仍保留著他們曾經存在的證明。

我帶著神棍來到水晶洞穴，讓他摸一摸我收藏的巨型石板畫，橫向全長一百多公尺，是當年雅爾文明留下的遺跡，也是他們紀錄下來的歷史。

神棍仔細地撫摸著，很快摸出了樣貌，「這是……龍？」

神棍又繼續沿著畫的方向往右摸，右邊是一群手拿兵器和國旗的士兵，正在肆虐手無寸鐵的人民，人民奮起反抗，卻寡不敵眾。接著其他國家的士兵也加入戰爭，戰火越演越烈，最後十多個國家打了起來，陸地處處是煙硝……這時，龍出現了。

龍從空中降臨，一舉掀翻所有士兵，摧毀所有武器，最終平息了戰爭。

雖然戰爭消停，然而失去家園的人民無處可去，後來龍引領他們到一片富饒之地，展開新的生活。

人民一步步走出戰爭的陰霾，重新建立起文明和部落，最後一幅畫是他們膜拜著天上的龍，從此奉龍爲祖神。

神棍讀完壁畫，讚嘆地道：「麒麟，原來祢的祖先拯救過這麼多人……」

「這是我。」

「啊？」

我指著畫裡英勇帥氣的龍，「就是我。」

神棍頓了頓，「這些……不會是你自己畫的幻想故事吧？」

「不是。」

「可是，祢不是說自己不是人類的守護神嗎？爲什麼要幫助人類？」

我被他問得說不出話。老實說，我也不知道自己當時爲何這麼做，只是剛好路過，看不順眼，舉手之勞罷了。

也是那件事之後，宇宙告訴我，龍是淩駕萬物之上的主宰，龍和人類注定無法共存。

言下之意，大概就是叫我別多管閒事。

我也不知道自己當時怎麼回事，人類之於我，就像螞蟻之於人類，誰會管螞蟻之間搶奪地盤？我那時八成是太閒了。

我乾咳一聲，「總之，我是要告訴你，不是沒人記得我。」

神棍撫摸著壁畫，沉思很久，轉頭看我，「可是，他們都在地上，只有祢一個待在天上，不孤單嗎？」

我一怔。

孤單？我嗎？我是最偉大的存在，理所當然沒有誰能站在我身邊……

「沒關係，現在不一樣了，我們是兩個。」神棍撿起石頭，在石板最右邊的空白處刻刻畫畫。

神棍的畫栩栩如生，畫上是一個人和一隻龍，肩並著肩站在山洞裡看著壁畫。

我看著壁畫很久，不禁希望時間能夠永遠定格在這一刻。

深夜，我在洞窟裡翻來覆去，總是想起神棍畫畫的神情，最後還是忍不住飛到洞口，用爪子戳了戳神棍的背，「神棍，我問你。」

神棍迷迷濛濛地睜開眼，「什麼事一定要現在問？要問我明天早上吃什麼嗎？」

「我想不通，你們人類是怎麼回事？越得不到越想要，已經擁有的卻不知珍惜。你們林家得不到皇權，硬巴著不放，有了你這樣了得的算命師，卻棄之不理。而你明明有一身法力，卻輕視自己，還想求得林家認同，這一切到底是爲了什麼？」

神棍笑眼瞇瞇，「祢老是喊我神棍，原來我在祢眼中是厲害的算命師？」

我撇開臉，冷哼一聲，「你不是畫了圖？既然都站在我身邊，當然不能是等閒之輩。」

神棍拍了拍我的背，「好，其實這個問題我也想過，大概是爲了爭一口氣吧。」

神棍看向洞外，明明看不見，卻彷彿能遙望千里，「誰都不想承認自己的弱小和失敗，所以拚盡全力也想得到那些無法擁有的東西。」

我搖頭，「神棍，你不弱小，也不失敗。」

神棍微微一笑，垂下頭，「當年有個大師……」

「目不能視，知不能言，西有何辜，死有餘辜。」

神棍圓眼一睜，「祢怎麼知道？」

「龍無所不知。」

「既然祢都知道了，所以，我生在林家，是害了林家……」

早知道他會那麼自責，我就更應該提早告訴他。

「神棍，那個人類說的話，並不是在對林家說，而是在對你說。」

「什麼？」神棍不明所以，抬頭面向我。

「那個人類早就知道你會聽見。說直白點，他是在對你說：『你不能去看他們醜陋的嘴臉，知道他們的生死也不能說，你有什麼無辜？是他們死有餘辜』。」

神棍瞠大眼，眼中布滿無措和震驚。

我用爪子輕輕敲了敲神棍的額頭，「神棍，林家的遭遇與你無關，你無需愧疚，更無需這麼努力向誰證明自己。你們都是人，生而平等，沒有人能質疑另一個人爲何存在。」

神棍說不出半句話，我看見他的眼眶有淚水在打轉。

無論神棍表現得再堅強和樂觀，在龍面前，照樣藏不住內心的想法。

我補充道：「你明白了嗎？更何況你們都一樣低等，不用爭了。」

「後面這句話就不用了。」神棍沉默很久，忽然破涕爲笑，笑得很大聲，「哈哈哈！原來是這樣，原來啊……」

我見過神棍活力充沛、見過他慷慨激昂，卻從沒見過他如此開心。

神棍搖頭失笑，自言自語道：「祢說得對，大家都低等，我向誰證明呢？」

從那天之後，神棍就變了。他不再老喊著要收服我，不再對我念咒，也不再提起林家。而是拉我一起喝美酒，甚至開始學著下廚，到城裡買了一堆器具和柴火，硬是在我的洞窟裡擺上這些沒有品味的東西，還要我念食譜給他聽。

在山裡玩夠了，他推搡著我要我變成人形，還斗膽地替我取了個名字叫做「龍棠」。要我和他一起下山到城裡玩，吃更多的美食，像是要塡滿十幾年沒吃飽的胃，體驗以前沒做過的事。

他說：「祢一隻龍怎麼老待在山上？生命這麼長，應該要四處遊歷才對！」

我回應：「我早就看遍了天下。」

他搖頭，「不，還有很多景色祢見都沒見過。」

「你質疑我？」

「是啊，因爲旁邊有我的景色，祢從沒見過，不是嗎？」

我愣了愣。

神棍拉著我一起去看山看水，坐在山頂喝熱茶看夕陽，走過溪流感受小魚流動，穿梭在桃花林撫過柔軟的花瓣。

在桃花林中，陽光落在神棍燦爛的笑臉上，落在每一寸花瓣上。

我不禁茫然地想：桃花曾經那麼鮮豔嗎？陽光曾經那麼明媚嗎？

我忽然懂了，這就是我不曾見過的美麗景色。

某天晚上，我們從西邊玩回來，久違地回到洞窟。

神棍不知是累了還是怎麼樣，不怎麼說話，從昨天就喊著要回家，回家後又安安靜靜，坐在洞口望著月亮。

我答應過會尊重他的思想，不會隨意探究他的記憶，因此只是默默坐在一旁。

神棍忽然說：「麒麟，明天祢能幫我慶生嗎？」

原來明天是他的生日，恐怕是想起林家的事，難怪情緒低落。

「我和他們唯一的連結，只剩這個日子了。」神棍感慨地說。

我知道「他們」指的是父母和林家，他那麼愛他們，他們卻那樣對待他。

我斂下眼眸，「我答應你。」

神棍朝我微微一笑。

我按住神棍的肩膀，將他轉向我，「不僅如此，往後你所有的十一月二十三號，我都包了。你知道的吧？龍的壽命很長，足夠把你沒過到的生日全部補回來。」

「謝謝祢，龍棠。」神棍的眼淚奪眶而出。

瞧他這麼感動，或許生日對他而言眞的很重要。

我心想，今後這個日子不僅和他們有關，更與我有關。

「對了，明天我可以吃『生日蛋糕』嗎？聽說祢們西方國家都會買又大又圓的蛋糕來慶祝生日，這是眞的嗎？」

我告訴他：「這有什麼難的？要不是你現在才說，還能特別訂製，要什麼口味有什麼口味。」

神棍聽得嘖嘖稱奇，一臉此生無憾的模樣。

隔天一大早，我去城鎮替神棍買草莓蛋糕，附近的小鎮沒有西式糕點店，要越過兩座山，在靠近大海的那座繁華城市才能買到。

幸好我是龍，能夠飛，不然走這一趟不知要多久。不過路途依舊十分遙遠，即使一路上不停歇，來回也花了半天的時間，飛到我懷疑龍生，一面飛一面喃喃道：「我堂堂一隻偉大的龍爲什麼在運貨？」

但一想起神棍期盼的表情，我還是認命地飛回家去。

回到洞窟的時候，我發現裡頭沒人。

我在附近找了一圈，正覺得古怪，忽然，我聞到一絲奇怪的氣味，像是燃燒後的灰燼……還有血腥味！

我察覺不對，立刻往氣味飄來的方向飛去。

越往山下飛，味道越濃厚且刺鼻，我才發現，是從龍林那邊傳來的！

因爲龍林和我剛才飛回來的路徑相反，加上山脈阻隔，因此我現在才聞到。

直到接近龍林，我一時不願相信自己的眼睛——龍林變得和我記憶中大相逕庭，原本欣欣向榮的土地，變成人間地獄。

到處都是拿著火把和武器的士兵，他們逢人便斬，看見房子就燒，四處姦淫擄掠，不顧人們的哭喊和求饒，龍林血流成河。

我徹底怒了，瞬間回想起當年戰爭的慘況。爲何人類從不記取教訓，一次次建立起和平的大地，又一次次摧毀。

我展翅撲滅了大火，也吹倒了士兵。

士兵見到我，驚慌失措地大叫：「龍、龍龍龍！有龍！」

我怒吼一聲，他們立刻倉皇逃離，百姓們見到我，同樣畏懼，但他們顫抖的雙腿已無力逃跑，只能跪在原地。

我無暇顧及其他，匆忙飛到林家的祖宅。

我有不好的預感！

來到林家，我發現林家意外地沒有遭受火災，只是滿地凌亂，空無一人，彷彿所有人都在匆忙中逃離了。

我化爲人形，在林家繞了半圈，好不容易找到一個來不及逃跑的下人，拉住他的後領，問他：「林西西呢？！」

下人一時沒聽懂，嚇得直打哆嗦：「什、什麼？」

我一字字從牙縫裡擠出，「我說，林西西人呢？」

下人這才恍然大悟，結結巴巴地說：「我、我我我也不知道。」

「不知道？你敢說沒見過他！」

「不、不是，大人，少爺今天確實突然回來，說他算到林家有滅門之災！他要我們所有人快點逃命，一開始老爺和大少爺都不信……後來他、他突然吐血了！還吐出一個像內臟一樣的東西！他說這是替林家逆天改命的代價，大家才信了，趕緊逃命，沒多久，鎮裡就來了士兵……」

我憤怒地搖晃他，「少廢話！所以他人呢？他在哪裡？！」

「我、我真的不知道啊！當時場面太混亂，大家都顧著逃，我只記得少爺一直說，他要回家吃蛋糕……」

我瞳孔一縮，立刻往龍林回深山的路沿路尋找，最後在半山腰上找到倒在血泊中的林西西。

數萬年來，我見過火山爆發、見過隕石墜落、見過戰火紛飛，卻沒有任何一刻如同現在，讓我覺得這宛如世界末日。

以至於很多年以後，我都不願再想起這段回憶。

我把林西西殘破不堪的身體帶回洞窟。

林西西性命垂危，卜卦和觸犯大忌使他體內的器官嚴重損毀。然而我卻什麼都不能做，龍和人是不同生命體，我只能用人類的方式爲他輸血和治療，卻無法爲他續命，已經損毀的器官也無法復原。

林西西一夜之間從年輕小夥子變得衰老，如同遲暮的老人。

很長一段時間，我都覺得自己是一隻無用的龍，爲什麼連一個人類的性命都無法挽救。

片刻後，林西西終於醒了，他醒來第一句話是向我道歉：「對不起……龍棠，讓你擔心了。」

喘了口氣，他說了第二句話。

「我終於做到了……我的使命……」

我原本想大發雷霆，但見到多日以來病懨懨的林西西，久違地露出神采奕奕的眼神，我一句重話也說不出來。

林西西的預言拯救了林家，林家不再一心向著王室，反而集合人民一起抗議。各地聽說龍林的慘狀，加上對暴政不滿已久，紛紛起義。

文武百官勸諫君王，上百名官員自願請辭，君王不堪輿論，提早退位，並宣布下一任君王由人民作主。

皇族不再至高無上，林家也終於徹底死了心，重新正視起自己的身分。

林家經過慘烈的教訓，看見人民戰亂後重拾的笑容，忽然體認到，有一種尊敬比身為皇親國戚更難得到，那就是百姓的愛戴。

林家這才終於對林西西感到愧疚，重新整修主宅時，多蓋了一間房，說是要找他回來住，但事實上沒人知道他在哪，甚至不知他是死是活。

林西西還未甦醒前，我曾不只一次托夢警告他們：「如果林西西有個三長兩短，我絕對不會放過林家！」

他們雖然害怕，仍詢問我：「西西在哪裡？」

我懶得理他們，只叫他們滾。

「大人，這、這是在我的夢裡啊，小的該滾去哪裡？」

「有多遠滾多遠！」

因此林家什麼也不敢說，只是每個人一提到林西西，都會露出羞愧萬分的表情。

林西西醒來後，又過了幾天，見他情況轉好，我才心不甘情不願地告訴他林家的事。

他苦等已久的林家，終於肯讓他回家，這是他畢生的期望，即使我不甘心，也沒有隱瞞的權利。

林西西點頭，「龍棠，明天可以陪我回去嗎？」

我面色不彰，只是應了一聲。

隔天，林西西回到林家，所有人特地來到大門迎接，表情又驚又喜，不過他們不敢輕易向前，尤其是看見我一臉黑氣地站在他身後。

林西西望向所有人，「各位還安好？」

所有人點頭稱好，因爲知道他看不見，所以紛紛伸手握住他，歡迎他回來。

林西西笑道：「曾經有人說過，我是個了得的算命師，現在你們應該已經明白，你們不要我，是你們的損失。」

眾人一愣，不知是錯覺還是怎麼回事，林西西好像和當年那個唯唯諾諾的孩子有些不同了。

大當家畢竟久經商場，什麼樣的大風大浪沒見過，最先反應過來，「是啊、是啊，西西，我們誤會了你，你絕對是我們林家的奇才！現在我們所有人都盼望你回來，日後你對林家的前途肯定大有貢獻⋯⋯」

「您也覺得我會很有貢獻是吧？」

眾人心想：這林西西還是當年那一個嗎？怎麼差這般多？

林西西莞爾道：「您這麼覺得就好，因爲我只是特地回來看你們後悔的表情。」

眾人目瞪口呆，就連我也不禁怔愣。

說完，林西西拉了拉我的衣袖，「我們回家吧，龍棠。」

好一會林家人才反應過來，在後頭喊著：「西西！西西！別走啊！你看！還有你母親呢！」

大當家將林西西的母親拉出來，她看見林西西時，表情依舊不鹹不淡，沒說半句話。她的內心早已腐爛，對她而言是生是死都已無謂，無論是她自己還是林西西。

林西西拉著我，頭也不回。

「神棍，你變了啊。」我笑道。

林西西笑著說：「是你說的，我要爲自己而活，現在，我和他們誰也不虧欠誰。」

當晚林西西回到山上，所有精神彷彿都在上午的時候用盡，虛弱地只能躺在床上。

在他遲遲未醒的那段期間，我用上等的竹子和柔軟的棉花做了張大床，讓他能夠好好休養。但如今，這張床似乎也無法讓他睡得安穩，林西西發了好幾回高燒，半夢半醒間，說出了令我震驚的話。

他早在預估林家的滅門之災時，就已經預知了自己的壽命。

我這才知道，他說的爲自己而活，其實根本沒剩多少日子了。

因爲臟器受損，林西西日漸虛弱，患了多重疾病。

林西西久病不癒，活得相當辛苦，在他難得清醒時，我紅著眼眶問他：「爲什麼都到最後了，你還是這麼苦？」

林西西張了張嘴，喉嚨卻乾涸得發不出聲音。

見狀，我化為人形將他扶起，餵他喝水。

「你不是說，麒麟是吉祥的象徵，能夠帶給人類福氣，可為什麼我沒有給你幸福？」我拿著水杯的手顫抖著，我頭一次無比慶幸神棍是盲眼，看不見我臉上的淚。

林西西艱難地擠出一句話：「龍棠……對不起……」

我渾身緊繃，「又是這句話！你知道對不起我，為什麼還這麼做？他們哪一點值得你犧牲？甚至在那天故意將我支開！」

「命運……注定……我要……」

我氣得發抖，「命運、命運！你做得還不夠多嗎？我知道你為什麼會瞎了眼！你還在那個人類腹中的時候，就有意識了對吧？所以我才能從你的記憶中，看見你出生以前發生的事！」

林西西瞠目，虛弱地抓住我的手，示意我不要繼續說下去。

我大為光火，決定不再隱忍，「一直以來，你都聽得見他們多盼望你出生，所以你也以為自己是天選之子，才會在出生後無法接受他們對你態度的落差，拚命想證明自己！是他們將期望強行施加於你，是他們的自私害了你！」

「龍棠……別說了。」

「不只如此，當年，你在母親腹中得知她難產，生下你後便會離世，所以你讓老天用你的雙眼，交換了你母親的壽命，這就是你瞎眼的原因！那些人類辜負了你，你爲什麼還要這麼做？！」

「龍棠！」林西西淚流滿面。

「怎麼了，被人說中痛處嗎？」我有些後悔，但更多的是痛心，我替林西西感到不捨。

林西西喘了幾口氣，冷靜下來，緩緩地說道：「你說得都沒錯，我只希望你不要告訴任何人這些事，母親已經因爲我變成這樣，如果讓林家知道眞相，不知她會淪落到何等境地。」

「你還關心她？那個女人根本沒給過你愛！」

「曾經有的，我還在她腹中時，她總是跟我說話，小心翼翼地呵護我、照顧我。」

「那只是因爲你有利用價值。」

「麒麟，也許眞是如此，然而曾經感受過愛，就無法輕易放下，因爲一個人活在世界上太痛苦了。我們需要另一個和自己有血緣關係的人陪伴，才不會孤單。」

「你有我還不夠嗎？」

林西西搖頭，摸著我的臉，說道：「龍棠，我們之間沒有任何關係，你必須忘了我，我在你漫長的生命中，只是一個普通的人類罷了。」

我震驚，「你怎麼能這樣說？」

林西西從床下拿出一本冊子，遞給我，「每一百年林家都會誕生一個名爲『西』的人，其中一個是我的轉世，與我同名，叫做『林西西』。冥冥之中，他會回到這座山，如果他找到這裡，到時候，你把這本日記交給他。」

我震怒地一把甩開日記，氣到發抖，「你把我當成什麼了？」

我恨不得質問他：難道你以爲「林西西」這個人對我來說，是誰都可以取代的人類嗎？

林西西躺在床上，靜靜地闔上眼，沒有恐懼，也沒有怨懟，彷彿早已接受現實。

我不知如何挽回，此刻竟然有些茫然。我只知道，天下再厲害的神算，再尊貴的主宰對此情況都無能爲力，人和龍注定會走到這個結局。

我終於明白「龍是凌駕萬物之上的主宰，龍和人類注定無法共存」這句話眞正的含義。

龍不能接觸人類的原因，並非階級，而是人類在龍漫長的生命中，只會有短暫的交集。

我閉了閉眼。

林西西，你曾說過「曾經感受過愛，就無法輕易放下，因爲一個人活在世界上太痛苦了」，龍又何嘗不是如此？

我見他心意已決，甚至對我無話可說，這一刻，我顧不得尊嚴，屈膝跪在床邊，握住他的手，沙啞地懇求：「下一世，我不要做龍，你也不要做西西，好不好？」

龍的壽命太長，而人類的壽命太短，我竟然開始相信人類荒誕的言論，認爲「西西」這個名字就像詛咒，讓他注定短命。

我只求下一世，我不是龍，他不是西西。

林西西的眼角流下眼淚，我才知道他不是無動於衷。

林西西嚥了口唾沫，他已經累得發不出聲音了，眼皮沉重地睜不開，好一會，才聽他哽咽地說：「龍棠……謝謝你，讓我作爲西西，也如此開心。」

說完，林西西的手緩緩下墜，即使我立刻握住他的手，他仍然失去力氣，身體逐漸變得冰涼。

我腦中閃過從前的一幕幕，一切清晰得宛如昨天。他毫無預兆地從樹林裡跑出來，喊著要收服我，臉上充滿驚喜的笑容。

我抱著他冰冷的身體，眼淚浸濕了他的衣衫。

「其實你早就已經收服我了，爲什麼不帶我走？」

不知不覺，數百年過去，像是稍縱即逝，又像是漫長無際。

如神棍所說，又誕生了一個「林西西」。

這回，我不會再受騙上當，我會與他保持距離，絕不和他有所關係……頂多偶爾在他夢裡做個模糊的守護神。

我自認做得不錯，即使看見這一世的林西西又被林家親戚欺負，我也不會心疼……頂多偶爾到那些人類的夢裡警告威嚇。

我甚至把洞窟改建成度假別墅，離開龍林，到大城市開了間公司。不只爲了避免遇見這一世的林西西，更爲了當年神棍所說，龍的壽命太長，應該做一些沒做過的事情。

不料，才過兩年，我依然遇上了林西西。

林西西猝不及防地出現在面試室門外，即使我提前聽見了他的聲音，在他看見我的模樣以前迅速將他打發離開，提前下班，回到公寓，仍舊再次遇上了他。

或許就像神棍說的，命運早已經注定。

這一世的林西西一樣被林家欺負，又被人欺騙，如同當年那般一無所有地出現在我面前。

我承認，我狠不下心推開他。

曾經對我如此重要的人，要怎麼當回陌生人？

於是，林西西又成了我的房客。

那段時間的相處漸漸讓我找回當年的快樂，也是我數百年來最愜意的時刻。這一世的林西西骨子裡和從前沒什麼不同，就連表達的思想也時常重疊，彷彿死而復生。

我慢慢體認到當初為什麼林西西要讓自己的轉世來找我，或許這是他和長生不死的我，唯一能夠長久相伴的方法。

儘管如此，我依舊不願讓這一世的林西西去湖邊的別墅，不願交給他那本日記，不願讓他知道一切。

或許該說，是我不想回憶這一切。

然而，神棍該死的算卦從來沒有失準過，即便我沒告訴林西西，林西西還是出現了在了龍林，並且發現了我的眞身。

我照神棍的請託，將那本日記交給這一世的林西西。

其實，在神棍死後，我曾經負氣想燒掉他的日記。

後來我冷靜下來，翻看日記，才發現關於我的部分竟然只是輕描淡寫帶過，幾乎隻字未提！

我氣得差點又想燒掉筆記。

直到我看見最後一行文字，他說：「西西，和麒麟一起守護這片土地，這本筆記要繼續傳承下去，縱使生死別離，也有新的西西。」

在這一刻，我忽然懂了，神棍當年爲什麼會叫我忘了他，以及爲什麼要傳下這本日記。

因爲龍的壽命無疆，記得一個不會回來的人，太痛苦了，不如讓下一個林西西繼續陪伴我，共度新的人生。

我頓時痛哭出聲。

我看著這一世的林西西，看著日記的他茫然又訝異，縱使他已經失去上一世的記憶，我也不介意。

因爲我從不認爲自己能挽留任何重要的事物。

林西西忽然問我：「所以不管我是不是曾曾曾叔公的轉世，根本不重要，對吧？」

我一愣，忽然覺得好笑。

對啊，我爲什麼總要糾結於過去？就算他有或沒有上一世的記憶又如何？他是我在意的人，我和這一世的他也有許多美好的回憶，至少，我又再次擁有他。

我終於釋懷，而林西西也知道了眞相，這讓我們比從前更加親近。

後來，我照原定計畫開發龍林這塊土地。

我向政府申請將龍林貧瘠的土地重新翻新，並建立交通網，興建了地鐵和輕軌，同時將山區列爲環境保育園區。

而林西西則是挨家挨戶做調查，舉辦宣傳龍林的活動，四處跑公文，聯絡各個單位，規畫風景區。

經過我和林西西的努力，龍林一步步恢復成從前繁榮的城鎮。

做完這些事情，我回頭才發現林西西已經老了。

彷彿昨天才相認，今天他卻已經兩鬢斑白。

我們搬回林家祖宅居住，種植花草，頤養天年。

這段時間很寧靜安逸，但對於我漫長的生命來說，只是轉瞬之間的事。

再一眨眼，他已經臥病在床。

現代醫療科技比當年進步許多，卻也只讓他多活十年而已。

我來到病床前，林西西主動伸出蒼老的手，握住我，「麒麟，記得來夢裡找我。」

以前，我覺得他總在夢裡喊我是因爲怕寂寞，現在我發現，也許他是怕我寂寞。

林西西遞給我一份相簿和光碟，「日記我不寫啦，這幾年我拍了好多好多照片和影片，你記得讓下一世的我看一看。」

我沒有收下，只是又一次問他：「下一世，我不要做龍，你也不要做西西，好不好？」

林西西瞬間紅了眼眶，不說話，只是拚命搖頭。

「神棍，其實你已經猜到了……不，是算到了吧？」我沒有流淚，反而冷靜地說道：「所以每次我這麼問你，你都不回答我，因爲你知道我會怎麼做。」

林西西哭得泣不成聲：「不要……我不要……」

「你知道的，龍和人，注定無法共存。」

「麒麟……」

「宇宙早就告訴過我，我一度以爲這是勸誡，要我放下，現在我明白了，這是個預言。」

林西西緊緊抓住我的手，我回握住他。

我問：「你準備好了嗎？」

我們兩兩相望，林西西見我心意已決，不再哭泣，輕輕地點了點頭。

「這次，我要跟你一起走。」我將爪子伸向胸膛，刨出心臟，一掌捏碎。

從此，世界上再無龍。

番外
多年以後，現在

教室裡，一個少年遇見另一個少年，兩人從互看不順眼，到意料之外地相識，直到建立起深厚的情感。

「你叫什麼名字？」

「龍棠。」

「糖果的糖？」

「海棠的棠。」

「明明糖果的糖比較好聽……」

「林北北！」

這一次，他們會一起走到盡頭。

後記

額外的禮物

大家好~這裡是雷雷，好久不見！

《反派NPC求攻略》下集出版了，萬歲、萬歲！終於完成這幾年最想完成的願望，不知道你看得還開心嗎？

除了正文的事件以外，這次番外也是大長篇，花了很多時間描寫北北和龍棠的前世，不知道你對於劇情有沒有一點喜歡和意外呢？

好的，我知道你在想什麼（遞衛生紙，抱緊緊）別難過，這邊來撒糖了！分享之前在FB發過的龍北小甜文番外給你>w<

【禮物】

情人節的時候，龍棠送了北北一隻巨型巧克力兔。

北北興奮地圍繞著等身大小的巧克力兔轉，「這怎麼吃得完呀！」他嘴上說著煩惱，卻笑得眼睛都瞇起來了。

龍棠摸了摸北北的腦袋，「慢慢吃，吃越久，情人節越長。」

於是北北這一個月天天都在過情人節。

很快的，三月到了，白色情人節即將到來。

北北開始煩惱要怎麼回禮，他收到了這麼好的情人節禮物，卻不知道該送什麼龍棠才會和他一樣開心。

北北決定問問葉飄流的意見，因爲自己不太擅長送禮，畢竟他只要有吃的就高興了，根本無法當作送禮的參考依據。

葉飄流聽完北北的話，露出一臉「你怎麼會問這個問題」的表情，「大哥最想要的禮物，當然就是『你』啊。」

「……太老梗了吧。」

把自己綁上緞帶包裝成禮物什麼的，超級過時。

葉飄流一連說了三個不，「我敢打賭他絕對不會嫌老梗。」

北北鄙視葉飄流的意見比自己還要缺乏參考價值，於是過幾天又問了無司。

無司思考一會，「或許，可以這麼做……」

無司說了一個提案，那是北北從沒想過，連自己也感到驚喜的答案。

白色情人節前夕。

龍棠發現葉飄流這陣子老是在自己面前晃，並且每次經過他的時候，都露出曖昧的眼神，「白色情人節快到囉……」

彷彿暗示著將會有天大的驚喜等著他。

隔幾天葉飄流又找上他。

「啊，白色情人節眞是個好日子呢！」他甚至還拿手肘頂他，「嘿嘿，祝您在白色情人節有美好的一夜！」

龍棠對白色情人節毫無概念，只覺得葉飄流笑得噁心。

連續第五天。

葉飄流：「白色情人節，期待哦！」

龍棠按住葉飄流的腦袋，「再從你口中聽到『情人節』這三個字，你就準備一個人在離島過節。」

終於來到白色情人節前一天。

北北開口邀請龍棠到家裡的時候，龍棠面無表情，卻悄悄嚥了口唾沫。

當天晚上，龍棠進到北北的員工宿舍，看見漆黑的客廳亮著暖黃的燭光，以及一整桌的美味佳餚。

北北請龍棠入座，特別興奮地介紹道：「這頓飯可是我親自……」

龍棠看著香氣四溢的大餐，微瞠的瞳孔被燭光映得晃漾。

「親自拜託飯店大廚NPC做的！」北北雙手叉腰，笑得洋洋自得。

聞言，龍棠頓時無語。

一頓飯下來，北北吃得滿嘴都是，邊吃邊點頭，嘖嘖稱奇：「嗯！嗯嗯！真好吃！對吧？」

龍棠替北北擦了擦嘴，表情沒什麼變化，看不出情緒，眸底卻有真心實意的溫柔。

你開心就好。他在心中這麼想。

看著滿臉笑容的北北，龍棠覺得過白色情人節似乎也不壞，就像平常和他度過的每一天。

北北放下刀叉，忽然道：「你以為這就是我的白色情人節回禮嗎？錯了！」

龍棠一頓，想起葉飄流再三暗示的禮物，撇開臉不太自然地乾咳一聲。

北北從餐桌底下拿出一個精緻的小盒子，緩緩打開——裡頭是一個鑰匙圈，還印著古狗伺服器大陸觀光區的圖案。

「我特地去古狗伺服器大陸買的呢！」

龍棠再度感到無語。

飯後，北北去洗碗，原本想跟進去廚房的龍棠被趕出來，北北堅持來者是客，不讓他動手。

龍棠在客廳站了一會，拿出手機，打給葉飄流，嗓音很沉：「你說可以期待情人節，就是這些？」

「咦？什麼？北北不是送你綁著緞帶的兔女郎play嗎？」

「……明天Jason會送你去離島度假七天。」

「咦？龍大哥！龍棠！不要啊！沒有網路我會死啊！」

北北回到客廳，見龍棠坐在沙發上不知道在想什麼，便推了推他，「禮物你用用看啊！」

龍棠回過神，心中暗忖：這麼多年來，北北還是如此天眞單純，這樣也好。

他攤開手上的小盒子，把鑰匙圈抽出來，這才發現海綿底下還塞著一把鑰匙，和鑰匙圈繫在一起。

北北笑容燦爛，指著自己臥室隔壁的房間，「以後那個就是你的房間啦！我們一起住吧！」

原來，禮物不只是鑰匙圈，而是整把鑰匙。

龍棠想，這是他二十多年來最好的一天。

【同一時間】

無司收到一盒包裝豪華的六十六顆頂級巧克力。

富好雙手抱臂，撇頭哼了一聲，裝作毫不在意，「情人節吃你一頓，還你價值破萬的巧克力就可以了吧！」

無司點頭道謝，說道：「其他的呢？」

「什麼其他的？你還嫌不夠啊？」富好怒目橫眉。

「你自己做的那些，拿出來。」

富好頓時蔫了，凶巴巴的表情垮了下來，彷彿淋濕的小狗，「……你怎麼知道我有做？」

「你把廚房弄得亂七八糟，是我清的。」

富好頓時手足無措，「那、那又怎樣！你的廚房，當然是你清啊！不管怎樣，我都不會給你的！那些巧克力超失敗、超醜的……吃了會拉肚子。」

無司溫聲道：「沒事，我不介意，拿出來。」

富好生氣大喊：「不要！我死也不拿！」

「別隨便說死。拿出來，不要讓我動鞭子。」

「嗚……」

富好最後只好乖乖拿了出來。

無司撫過黏得皺巴巴的紙盒，垂下的眼眸藏著少見的溫柔笑意。

富好臉色漲紅，不知道是氣的還是惱羞，「可以了吧？怎麼有你這種人？都有頂級巧克力了還要吃其他亂七八糟的！」

富好完全沒發現他把自己也罵進去了。

無司點頭道：「嗯，滿意了，接下來我們算另一件事。爲什麼你把廚房弄髒，不自己清理？自己做的事，留給別人收尾，這樣是對的嗎？」

「我……我……你爲什麼還拿鞭子？我都把巧克力給你了！不、不要過來……啊！！！」

很高興能和你一起看到這裡，我們下本書再見～～

對了，老樣子，有任何話都歡迎來找我聊天唷！

◀這邊可以找到雷雷

https://linktr.ee/laypartner

雷

國家圖書館出版品預行編目資料

反派NPC求攻略／雷雷夥伴著. -- 初版. -- 臺北市：城邦原創股份有限公司出版：英屬蓋曼群島商家庭傳媒股份有限公司城邦分公司發行, 2022.06
冊；　公分

ISBN 978-626-95940-9-2（下冊：平裝）

863.57　　111008254

反派NPC求攻略（下）

作　　者／雷雷夥伴
企畫選書／楊馥蔓　　行銷業務／林政杰
責任編輯／楊馥蔓、林辰柔　　版　　權／李婷雯

網站運營部總監／楊馥蔓
副總經理／陳靜芬
總　經　理／黃淑貞
發　行　人／何飛鵬
法律顧問／元禾法律事務所　王子文律師
出　　版／城邦原創股份有限公司
台北市南港區昆陽街16號4樓
電話：(02) 2509-5506　傳眞：(02) 2500-1933
E-mail：service@popo.tw
發　　行／英屬蓋曼群島商家庭傳媒股份有限公司城邦分公司
聯絡地址：台北市南港區昆陽街16號8樓
書虫客服服務專線：(02) 25007718．(02) 25007719
24小時傳眞服務：(02) 25001990．(02) 25001991
服務時間：週一至週五09:30-12:00．13:30-17:00
郵撥帳號：19863813　戶名：書虫股份有限公司
讀者服務信箱 email：service@readingclub.com.tw
城邦讀書花園網址：www.cite.com.tw
香港發行所／城邦（香港）出版集團有限公司
地址：香港九龍土瓜灣土瓜灣道86號順聯工業大廈6樓A室
Email：hkcite@biznetvigator.com
電話：(852)25086231　傳眞：(852) 25789337
馬新發行所／城邦（馬新）出版集團 Cité(M)Sdn. Bhd.
41, Jalan Radin Anum, Bandar Baru Sri Petaling,
57000 Kuala Lumpur, Malaysia.
電話：(603) 90563833　傳眞：(603) 90576622
Email：services@cite.my

封面插畫／高橋麵包
封面設計／Gincy
電腦排版／游淑萍
印　　刷／漾格科技股份有限公司
經　銷　商／聯合發行股份有限公司
客服專線：(02)2917-8022　傳眞：(02)2911-0053

■ 2022 年 6 月初版
■ 2024 年 8 月初版 6.5 刷　　Printed in Taiwan

定價／300元

ISBN　978-626-95940-9-2